한중일 말차 문화

천 년 전통의 말차 이야기

한중일 抹茶 문화

김태연·한애란 지음

이른아침

말차의 일상화와 발전을 기대하며

1.

우선 이 책이 세상에 나오게 된 소이를 먼저 밝혀두고자 한다. 이 책의 공동저자인 한애란 선생이 〈고려시대 동북아시아의 말차문화에 관한 연구〉라는 논문으로 성균관대학교에서 석사학위를 받은 뒤 한참이나 지나서 내게 그 논문을 보내왔다. 찬찬히 읽어보니 천여 년 전 한중일 3국의 말차문화가 눈에 잡힐 듯이 그려졌다. 일반인들이 잘 알지 못하고 알기도 어려운 내용들이 일목요연하게 정리되어 있어서 누가 보더라도 크게 공부가 될 뿐만 아니라 실제의 말차 생활에도 큰 도움이 될 것 같았다. 이런 탁월한 논문은 그냥 나오는 것이 아니니, 한애란 선생의 깊은 내공이 절로 느껴졌다. 이에 필자는 며칠 후 한애란 선생과 찻잔을 앞에 놓고 맞주앉게 되었을 때 제안 하나를 내놓았다. 그냥 논문으로만 묵히기에는 너무나 아까운 결과물이니 조금만 손을 보아 누구나 볼 수 있는 단행본 책으로 출판을 해보자는 것이었다. 하지만 한애란 선생은 일반인의 말차 생활에 실질적인 도움이 되는 내용이 아니라 다분히 이론적이고 학문적인 연구 결과물일 뿐이라며 난처한 기색이었다. 이에 필자는 조금 더 진전된 안을 냈다. 일반인의 실제적인 말차 생활에 가이드가 될 내용을 별도로 추가하되, 그 부분은 필자가 맡을 테니 한애란 선생은 기존의 논문 가운데 일반인들이 보기에 어렵거나 부적합한 내용들을 덜어내고 정리하는 일을 맡으면 어떻겠느냐는 것이었다. 그제야 한애란 선생도 수긍의 뜻을 내보였다. 하지만 그럼에도 이 책이 나오기까지는 상당한 시간이 소요되었는데, 사진 문제가 쉽게 해결되지 않았기 때문이다. 출판사와 상의하고, 몇몇 도예 작가들에게 협조를 부탁하고, 차문화연구 전문가인 김명익 선생의 전폭적인 지지를 확인한 연후에야 실제 작업에 임할 수 있었다. 그런 지난한 과정을 거쳐 이 책이 나오게 된 것이며, 이 자리를 빌어 책이 나오기까지 협조를 마다하지 않은 모든 분들께 감사의 인사를 전한다.

2.

일본식 말차다도의 엄격한 격식과 복잡한 형식 때문인지 많은 이들이 말차를 어려운 차로 여기고 있다. 하지만 알고 보면 말차만큼 단순하면서도 쉽고 그 효과가 큰 차(茶)도 없다. 우리 저자 두 사람은 책을 내기로 하면서 이 책이 말차 혹은 가루차에 대하여 관심을 가진 많은 일반인들에게 실용적인 차생활의 지침이 될 수 있도록 하자는 데 의기투합하였고, 이것이 이 책 제2부의 핵심 주제가 되었다. 이 부분은 두 사람의 저자 가운데 김태연이 주도하여 원고를 작성하고 필요한 사진들을 촬영하였으며, 일본식 말차다도가 아니라 우리 전통에 근거하되 현대생활에 곧바로 응용할 수 있는 실용다법을 안내하는 데 중점을 두었다. 하지만 현실적으로 일본 말차다도가 이룩한 도구와 형식의 측면을 외면하기 어렵고, 사진 촬영 역시 이를 건너뛰기는 어려웠다. 부득이 일본다도의 이론과 행다 일부를 차용하고 소개하지 않을 수 없었는데, 이 또한 말차를 깊이 이해하고자 하는 독자들에게는 작지 않은 도움이 될 것으로 기대한다. 이로써 말차의 역사와 문화에 대한 독자들의 식견이 정리되고, 실제 생활에서 말차를 즐길 수 있는 노하우가 축적될 수 있기를 기대한다.

2024년 4월

김태연

천 년 전통의 말차문화 복원을 위하여

1.

차 한 잔의 인연을 통해 긴 세월 다양한 사람들을 만나고 헤어지기도 하면서, 지금도 함께하는 사람들과 차를 마시고 있다.

차와 인간의 만남은 약용과 식용으로 시작되어 기호음료로 변해왔다. 이런 수천 년의 차 역사에 대한 관심이 학문적 호기심과 앎의 욕구로 이어져 차 공부를 본격적으로 시작하게 되었다.

중국의 차문화 고전을 읽을 욕심으로 시작한 차 공부가 〈고려시대 동북아시아의 말차문화 비교연구〉라는 학위논문을 쓰는 단계로까지 이어졌다. 방대한 자료와 읽기에도 버거운 한자 앞에서 후회도 많고 퍽 고단한 나날이 지속되었다. 그렇게 논문이 나왔지만, 부족하고 미비하고 낯 뜨거움에 감추듯 덮어버렸었다.

우연찮게 김태연 원장님께 논문을 한 권 드리게 되었고, 얼마 후 말차 책으로 발전시켜 보자는 말씀을 듣게 되었다. 처음엔 그저 농담인 줄 알았는데, 원장님은 여러 차례 같은 말씀을 하셨고, 결국 논문을 쓴 지 10년도 더 지나 다시 논문을 뒤적이게 되었다.

2.

사실 고려시대 이후 우리나라 말차문화와 일본의 말차문화를 다시 정리하고픈 생각은 한 알의 씨앗처럼 나의 마음 속에 오래도록 욕심으로 남아 있었다.

말차를 마시며, 오늘날까지 400년을 넘게 이어가는 일본의 다도를 이해하지 못하면, 어디에서 우리의 사라져버린 말차문화의 정체성을 이끌어낼 수 있을까. 여전히 의문이 든다.

일본의 말차문화를 학문적으로 이해한다는 것은 정말 어렵고 힘든 일이다. 일본의 생활문화, 역사, 그리고 인물들, 그 모든 것이 녹아 있는 일본의 말차문화에 엄두도 내지 못한다는 생각뿐이었는데, 김태연 원장님이 내민 손을 불쑥 잡게 되었다.

김태연 원장님은 차계의 산 증인으로, 여러 권의 차문화 관련 책을 출판하신 경륜과 인맥이 이번에도 자료 수집과 책의 깊이를 더하도록 해주었다. 또 원장님의 기도와 열정도 보이지 않는 힘이 되었다.

이 책 또한 여러 가지 이유와 형편상 말차문화의 모든 것을 다 담지는 못하였다. 생략하거나, 미비한 점들 또한 있지만, 누군가 이어가리라 본다.

끝으로 이 책이 출간되어 말차문화가 더 대중화되고, 우리의 말차 제다 기술이 더욱 정교해지길 기대해본다. 나아가 우리의 찻사발도 세계의 K-찻사발이 되었으면 한다.

책이 나오기까지 많은 분의 도움이 있다. 특히 사진 촬영 등에 적극 협조해주신 차문화연구가 김명익 선생님과 일양차문화연구원의 박천현 회장님, 문태규 실장님, 이른아침 출판사의 김환기 대표님께 다시 한번 감사의 인사를 드린다. 이 책의 공동저자이자 일양차문화연구원의 김태연 원장님께는 책이 나오는 날 별도로 차 한 잔 올릴 것을 약속드린다.

2024년 4월

한애란

제1부
말차의 탄생과 발전

제2부
현대인을 위한 말차 이야기

제 1 부

말차의 탄생과 발전

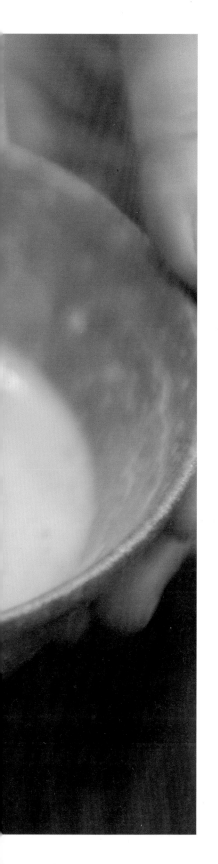

차의 종류

　널리 알려진 것처럼 차(茶, tea)란 차나무(*Camellia sinensis*)의 잎으로 만든 음료를 말한다. 차나무의 잎이 아니라 다른 초목의 잎이나 꽃, 뿌리 따위를 이용하는 음료에도 인삼차, 쌍화차, 국화차, 대추차 등 '차'라는 접미사가 붙지만 엄밀한 의미에서 이런 음료는 차 대용으로 마시는 음료라는 의미에서 대용차(代用茶)라 구분하여 부른다.

차의 원료가 되는 차나무의 새순

차나무의 잎으로 만드는 차라고 해도 수천 년 동안 수많은 곳에서 수많은 사람이 저마다의 방식으로 만들고 이용해왔으므로 세상에는 수없이 많은 종류의 차가 존재하게 되었다. 똑같은 밀가루로 시대와 지역에 따라 서로 다른 요리들을 해온 것처럼, 차 역시 시대와 지역에 따라 이를 만들고 음용하는 방법이 다 달랐던 것이다. 따라서 세상에 몇 가지의 차가 존재하는지는 아무도 알 수 없고, 다만 수만 가지의 차가 존재했으리라고 추정할 수 있을 뿐이다. 게다가 오늘날에도 새로운 차들은 끊임없이 개발되고 있다. 그래서 중국인들은 흔히 "매일 서로 다른 차를 마셔본다고 해도 평생 모든 차를 맛볼 수는 없다."고 말한다.

생산지를 기준으로 한 차의 분류

이렇게 특정 분야의 결과물이 너무나 다양할 경우 이를 합리적으로 이해하거나 연구하기 위해서는 이들을 일정한 기준에 따라 분류할 필요가 있다. 그런데 이때 적용되는 기준(基準)이란 것도 사실 정하기 나름이다. 우선 가장 손쉬운 방법 가운데 하나는 생산되는 지역에 따라 나누는 방법이다. 중국차, 일본차, 인도차, 스리랑카차, 운남차, 무이산차, 대만차, 하동차, 보성차, 제주차 등등의 세부 명칭이 이런 분류법을 반영한 것이며, 실제로도 이들 차는 저마다의 특성이 있고 변별점도 있다. 하지만 이렇게 지역을 기준으로 삼을 경우 그 결과가 무수히 많아질 수 있고, 한 지역 내에서 또 다른 구분도 가능해져 결과적으로 혼란을 피하기 어렵다. 그래서 지명을 기준으로 한 분류는 각 지역 특산품으로서의 차 상품명 등에 주로 활용되고, 학문적인 분류의 기준으로는 잘 채택하지 않는다. 예컨대 운남차 안에는 노반장차, 이무차, 포랑산차, 경매차, 맹송차, 빙도차 등의 지역 특산 차들이 있는데, 이들 모두를 서로 다른 종류의 차라고 인정하지는 않으며 모두 보이차(普洱茶)에 속하는 것으로 보는 식이다. 그렇다고 운남에서 보이차만 생산되는 것은 아니므로 운남차가 곧 보이차인 것은 아니다.

산화도를 기준으로 한 차의 분류

차의 종류를 나누는 또 다른 방법에는 차를 만드는 과정에서 일어나는 산화(酸化)의 정도를 기준으로 삼는 방법이며, 이것이 통상적으로 가장 많이 채택되는 차의 분류법이다.

산화란 수분 공급이 중단된 상태의 식물, 즉 땅에서 뽑히거나 줄기에서 떨어져나온 이파리 따위가 공기와 만나 자연스럽게 시들어

제주의 다원(사진제공 오설록)

가는 현상을 말한다. 예컨대 수확된 상추나 시금치 따위가 색이 변하고 무르면서 시들고 썩어가는 과정이 곧 산화의 과정이다. 상추나 시금치만 그런 것이 아니라 찻잎을 포함하여 대부분의 식물들이 이 과정을 피할 수 없는데, 이는 식물의 세포 내에 산화효소(酸化酵素)라는 것이 존재하기 때문이다. 이 효소는 해당 식물이 뿌리를 통해 수분을 공급받고 햇빛을 받는 동안에는 활동을 하지 않는데, 반대로 수분 공급이 중단되면 공기와 접촉하여 활동을 시작하게 된다. 따라서 뿌리가 뽑힌 채소나 줄기에서 떨어져나온 이파리 등의 식물은 모두 이런 산화를 거쳐 마침내 부패하는 과정을 피할 수 없는 것이다. 사람들이 '싱싱한' 채소를 찾는 것은 이런 산화가 최소한으로 일어난 채소를 찾는다는 의미이며, 이는 부패가 최소한으로만 일어난 채소를 찾는다는 말이기도 하다.

차를 만드는 과정에서도 찻잎의 산화는 당연히 필연적이다. 그런데 차를 만드는 사람들은 특이하게도 이 산화를 무작정 나쁜 것으로만 여기지 않고 이를 적절히 조절하고 활용한다. 그리고 얼마나 산화를 시켰는가에 따라 그 결과물로서의 차는 저마다 다른 독특한 색향미를 띠게 된다. 예를 들어 산화를 가장 적게 시킨 대표적인 차가 녹차다. 찻잎을 채엽하자마자 산화가 본격적으로 일어나기 전에 곧바로 만드는 차가 녹차라는 말이기도 하다. 반대로 홍차는 일부러 산화를 촉진하고 많이 시켜서 만든다. 산화의 과정에서 찻잎은 녹색을 잃고 점점 갈색으로 변하는데, 녹차에 비해 홍차가 진한 갈색 내지 검붉은 색을 띠는 것도 홍차가 그만큼 산화가 많이 된 차이기 때문이다. 녹차와 홍차의 중간에 백차, 청차, 황차가 있으며, 이들 5종의 차 분류 명칭이 바로 제다 과정에서의 산화도를 기준

산화효소의 활동을 정지시키기 위한 덖음 과정

으로 한 것이다. 물론 이들 5종의 차는 산화도(酸化度)만 다른 것은 아니고, 차를 만드는 기본적인 방식 자체가 모두 제각각이고 저마다의 특징을 지니고 있다. 산화도가 분류의 기준이 되는 것은 맞지만, 산화도 하나만으로 해당 차의 특성을 모두 설명할 수는 없다는 말이다.

한편, 찻잎의 산화를 막는 가장 기본적인 방법은 열에 노출시켜 산화효소의 활성(活性)을 정지시키는 것이다. 녹차를 만들 때는 우선 찻잎을 뜨거운 솥에서 덖거나 증기에 쬐는 과정을 거치는데, 이 과정이 바로 열을 이용해 산화효소의 활성을 정지시키는 과정이다.

후발효차와 6대 다류

찻잎에서 자연스럽게 일어나는 이 산화를 제다인들이나 차인들은 최근까지도 발효(醱酵)라고 이해하고 실제로 그렇게 부르기도 했다. 그래서 녹차가 아닌 대부분의 차들을 통칭하여 흔히 발효차라 부르기도 하고, 상대적으로 덜 산화된 차는 반발효차로 구분하기도 했다. 하지만 학문적인 의미에서 발효란 반드시 효모나 박테리아 등 미생물의 작용을 필요로 한다. 그런데 앞서 살펴본 5종의 차들은 미생물의 작용과는 무관한 방식으로 만들어지고, 따라서 이들 차에 '발효'라는 수식어를 붙이는 것은 올바른 명명법이 아니다.

그렇다고 제다 과정에서 미생물의 작용과 관련된 차가 전혀 없는 것은 아니다. 예컨대 우리에게 익숙한 운남의 보이차(普洱茶)는 녹차와 흡사한 제다 과정을 거쳐 일차로 차를 완성한 뒤에, 다시 미생물에 의한 발효를 추가시켜 만드는 차다. 더이상 산화가 일어나지 않도록 만든 후에 다시 발효를 시키는 과정이 첨가되므로 이를 흔히 후발효(後醱酵)라 하며, 이렇게 만들어진 차를 후발효차라 한다. 보이차 외에도 호남성 안화(安化)의 흑차(黑茶) 등이 유사한 후발효 공정을 거쳐 만들어진다. 이렇게 후발효 공정을 통해 만들어지는 차는 산화도를 기준으로 하는 5종의 차들과는 같은 기준으로 분류할 수 없으므로 별도의 여섯 번째 항목을 만들어 편입시켰다. 그 결과 차는 크게 총 여섯 가지 종류로 나뉘게 되었으며, 이렇게 나뉜 6종의 차를 흔히 '6대 다류'라고 한다.

6대 다류의 찻잎·탕색·엽저(사진제공 한국티소믈리에연구원)

이렇게 산화도와 발효 여부라는 두 가지 기준으로 차를 나눌 경우 세상에 존재하는 대부분의 차들은 이 6대 다류 중의 어느 하나로 분류되는 것이 보통이다. 그렇지 않으면 엄밀한 의미에서의 차가 아니라고 할 수도 있다. 하지만 이런 명쾌한 분류에도 한계는 있다. 대표적인 것이 녹차에 재스민의 꽃향을 첨가한 재스민차다. 꽃을 이용한 차이므로 대용차 가운데 화차(花茶)로 분류하기도 하지만, 6대 다류에 속하는 그 어떤 차보다 많은 이들이 애음하는 차이자 차나무 잎이 핵심 원료가 되므로 반드시 차로 보아야 한다는 의견도 있다. 이런 주장을 하는 이들은 재스민차를 포함한 대용차 일부를 일곱 번째의 별도 항목으로 설정하여 차를 크게 7종으로 구분하기도 한다.

채다 시기에 따른 분류

차를 만드는 제다에서는 채다(採茶), 즉 찻잎의 채취 시기가 매우 중요하다. 녹차의 경우 대체로 이른 봄에 나온 새순으로 만든 차를 최고로 치며, 채취 시기가 늦어지면 쓰고 떫은맛이 강해지는 등 색향미와 기운이 오히려 약해진다. 하지만 이른 봄의 새순을 채취하면 그 양이 매우 적고, 늦게 딴 찻잎이라도 활용이 불가능한 것은 아니다. 게다가 녹차가 아닌 차들의 경우 늦게 따서 많이 자란 찻잎으로 만들어야 오히려 색향미가 뛰어난 차가 되기도 한다. 이처럼 차의 종류에 따라 최적의 찻잎 채취 시기가 달라지기 때문에 모든 차에서 일찍 딴 찻잎이 무조건 좋다고 말할 수는 없다.

그렇다고 지난 해에 새순이 나온 묵은 찻잎을 따서 차를 만들지는 않는다. 차를 만드는 찻잎은 그 해에 나온 새 잎을 사용하는 것이 기본이다. 차나무는 1년에 3회 정도 새 잎을 피우는데, 대체로 봄·여름·가을에 해당한다. 따라서 봄에 새로 피어난 찻잎으로 만든 차는 봄차, 여름에 피어난 찻잎으로 만든 차는 여름차, 가을에 피어난 찻잎으로 만든 차는 가을차로 구분할 수 있다. 이를 다른 말로는 첫물차, 두물차, 세물차로 구분하여 부르기도 한다.

우리나라 수제 녹차의 경우 보통 첫물차로 만들며, 같은 첫물차라도 정확히 언제 딴 찻잎으로 만들었는가에 따라 서로 다른 이름으로 부른다. 명전, 우전, 세작, 중작 등의 명칭이 그것이다. 명전(明前)이란 청명(淸明)인 4월 5일이나 6일 이전에 채취하여 만든 차라는 의미이며, 하동 화개 등 특별히 온난한 일부 지역에서만 이 시기에 찻잎의 채취가 가능하다. 우전(雨前)

찻잎을 채취하는 사람들(사진제공 오설록)

은 곡우(穀雨)인 4월 20일이나 21일 이전에 만든 차라는 의미이며, 차를 생산하는 우리나라 대부분의 지역에서 생산되지만 그 양은 역시 소량일 수밖에 없다. 세작(細雀)이나 중작(中雀)에서 '작(雀)'은 참새를 의미하는 글자인데, 여기서는 특별히 참새의 혀 모양 찻잎을 의미한다. 그러므로 세작은 어리고 작은 잎, 중작은 상대적으로 더 커진 잎이라고 보면 된다. 곡우 이후에 만들어지는 녹차에서 상대적으로 어린 잎으로 만든 차를 세작, 상대적으로 더 많이 자란 잎으로 만든 차를 중작으로 부른다. 대작도 있다지만 상품으로 나오는 경우는 거의 없다.

모양에 따른 분류

완성된 차의 모양(模樣)도 차의 분류 기준이 될 수 있다. 이때 등장하는 명칭 가운데 대표적인 것이 산차(잎차), 고형차(덩이차), 가루차(말차) 등이다.

우선 이해하기 가장 쉬운 가루차의 경우를 살펴보자. 가루차 혹은 말차는 완성된 차의 형태가 가루, 즉 분말(粉末) 모양이라는 의미다. 일본의 말차다도에서 사용하는 차가 이것이고, 최근에는 요리용으로 나오는 국산 가루녹차도 흔히 볼 수 있다. 녹차 아이스크림이나 녹차 라떼 등을 만들기 위해서 반드시 필요한 것이 바로 이 가루녹차다. '가루녹차'라는 용어는 형태는 가루이고 6대 다류 분류법에 따를 경우 녹차에 속하는 차라는 의미다.

우리 일상에서 가장 흔히 접하게 되는 가루차가 바로 이 가루녹차지만, 모든 가루차가 반드시 녹차인 것은 아니다. 동아시아에서 가루차를 마시는 문화가 가장 번성했던 시기는 중국의 송나라, 우리나라의 고려, 일본의 가마쿠라시대 등인데, 이때 마시던 차는 녹차가 아니었다. 게다가 지금처럼 찻잎을 채취한 뒤 곧바로 가루차로 만들어 음용하던 방식도 아니며, 우선 딱딱한 덩어리 형태인 고형차로 만들었다가 마시기 직전에 맷돌로 갈아서 가루를 내어 음용하는 방식이 가장 일반적이었다.

산차(散茶)와 고형차(固形茶)는 완성된 차의 찻잎이 하나하나 흩어져 있는지, 아니면 덩어리로 뭉쳐져 있는지를 기준으로 구분한 차의 종류다. 산차는 우리나라의 일반적인 녹차처럼 찻잎이 하나하나 떨어져 있어서 마음만

먹으면 그 숫자를 셀 수 있는 형태의 차를 말한다. 녹차, 청차, 홍차 등의 차들이 대체로 이런 산차 형태를 띤다.

고형차란 제다의 완성 단계에서 덩어리 형태로 굳게 뭉친 덩이차를 말한다. 찻잎의 모양을 살려서 뭉친 경우도 있고, 찻잎을 가루낸 뒤 반죽하여 뭉친 형태의 차도 있다. 오늘날에는 산차가 가장 일반적이어서 보통은 이런 모양의 차가 아주 옛날부터 가장 흔한 형태였을 것이라고 생각하기 쉽지만 역사적으로 가장 오래된 형태의 차는 고형차였을 것으로 여겨지며, 중국이나 동남아, 일본 등에서는 여전히 다양한 고형차들이 만들어지고 있다.

고형차와 유사한 용어로 긴압차(緊壓茶)라는 명칭도 사용되는데, 찻잎에 뜨거운 증기를 쬐는 방식 등을 통해 딱딱하게 압착한 차라는 말이다. 이런 긴압차 가운데 가장 대표적인 차가 바로 보이차다. 보이차는 그 모양이 여러 가지지만, 기본적으로 둥글고 커다란 떡 모양으로 뭉쳐져 있다. 백차나 홍차 중에도 긴압차로 만드는 경우가 있으며, 심지어 녹차나 청차도 긴압차로 제조하는 경우가 더러 있다. 보이차 외의 흑차류도 이런 긴압차로 만드는 경우가 많은데, 중국 호남성의 흑전차(黑磚茶), 광서성의 육보차(六堡茶), 사천성의 타차(沱茶) 등이 유명하다.

긴압차에는 여러 모양이 있는데, 가장 일반적인 것이 보이차와 같이 둥근 떡처럼 생긴 것이고 이를 흔히 병차(餠茶)라 한다. 보이차를 포장한 용지에서 흔히 보이는 문구가 '칠자병차(七子餠茶)'로, 이때의 병차가 바로 둥근 떡 모양으로 긴압한 차라는 의미다. 이밖에 벽돌 모양의 전차(磚茶), 엽전 모양의 전차(錢茶), 사발 모양의 타차(沱茶) 등이 있으며, 구형이나 원주형의 차도 있다.

둥근 모양의 긴압차를 이르는 병차(餅茶)에 해당하는 우리말이 '떡차'인데, 사실 이때의 떡차는 병차와 완전히 같은 의미는 아니다. 우리나라의 전통 떡차는 보이차처럼 크고 넓적한 모양이 아니라 대체로 엽전 모양의 전차(錢茶)이며, 그래서 흔히 '돈차'라고도 불린다. 장흥 지역에 전해지는 '청태전'이라는 차가 바로 이런 돈차의 일종이며 우리나라의 대표적인 전통 떡차이다.

02

말차의 정의와 음다법

　앞에서 언급한 것처럼 가루차 혹은 말차라고 하더라
도 시대와 지역에 따라 차의 형태나 마시는 방법은 여러
가지였다. 한중일 3국의 말차 역사만 간략히 살펴보더라
도 원료, 제다법, 음다법, 다구 등에서 다양한 방식이 있
었음을 쉽게 확인할 수 있다. 이런 다양성은 '가루차'를
의미하는 용어인 '말차'의 한자 표기 방식이 한중일 3국
에서 저마다 달랐거나 다르다는 점에서 우선 확인할 수
있다.

末茶, 抹茶, 沫茶, powder tea, matcha

가루차의 한자어인 말차는 주로 末茶, 抹茶, 沫茶의 3가지 형태로 표기된다. 이 가운데 '끝 말(末)'과 '바를 말(抹)'에는 기본적으로 '가루'라는 뜻도 함께 담겨 있다. 그래서 밀가루 따위의 가루를 표기할 때 분말(粉末)이라 표기하고, 가루로 된 향을 말향(抹香)으로 표기하는 것이다. 반면에 '거품 말(沫)'은 문자 그대로 물에 뜨는 거품을 의미한다. 말차는 '가루'낸 차를 이용하는 것이 기본이지만, 동시에 '거품'도 중요한 요소가 되기 때문에 '거품 말'도 사용했음을 알 수 있다.

한중일 3국의 과거 기록을 보면 '말차'의 표기법에 다소 차이가 있는데, 중국에서는 '末' 또는 '沫'을 썼고, 일본에서는 '抹'을 썼으며, 우리나라에서는 '沫' 혹은 '末'을 썼다.

오늘날에는 일본 말차다도의 영향 탓인지 한중일 모두 '抹茶(말차)'를 가장 널리 쓰고 있으며, 영어로 표기할 때는 '파우더 티(powder tea)'로 표기하거나 일본식 발음을 살려 '맛차(matcha)'로 표기한다. 영미권에서는 '더스트 티(dust tea)'로 표기하는 차도 있는데, 이는 우리가 사용하는 '가루차'나 '일본식 말차'를 의미하는 것이 아니라 티백 등에 주로 사용되는 가루 홍차를 의미한다.

당나라 때의 병차와 자다법

앞서 차의 종류와 형태가 얼마나 다양한지에 대해 설명했는데, 실제로 시대와 지역에 따라 차의 종류가 달랐고, 차의 종류가 다르므로 그 마시는 방법 또한 달랐다. 여기서는 우선 동양 3국의 가장 기본적인 음다법(飮茶法)에 대해 알아보기로 하자.

찻잎을 식용이나 약용으로 이용하다가 본격적으로 음료로 활용하기 시작한 것은 대체로 전한(前漢) 시대(기원전 220~서기 8)부터이며, 당(唐)나라 때(618~907)부터 본격적으로 애음되었다. 당나라 때인 8세기에 차의 백과사전이자 경전으로까지 불리는 육우(陸羽)의 《다경(茶經)》이 집필되었고, 이를

〈육우팽다도〉 중 인물 묘사 부분

계기로 차에 관한 문화 전반이 그 기틀을 다지게 되었다. 이 당나라 시기의 가장 일반적인 음다법은 떡차[餠茶]를 달여서 마시는 방법으로, 이를 흔히 '자다법(煮茶法)'이라고 한다. 자다법은 차솥에 물과 가루낸 차(떡차 가루)를 넣고 끓여, 차탕 위에 뜬 거품을 떠 마시는 음다법이다.

송나라 때의 단차와 점다법

당나라가 멸망한 뒤 중원에서는 5대와 10국의 시대(907~960)를 거쳐 송(宋)나라 시대(960~1279)가 전개되는데, 이 시기에는 단차(團茶)가 크게 유행하였다. 단차 역시 병차와 마찬가지로 고형차의 일종이지만, 특히 공납차(貢納茶), 즉 조정에 헌납되던 차를 지칭한다. 둘을 합하여 단병차라 부르기도 하는데, 흔히 당나라 때의 차를 병차, 송나라 때의 차를 단차로 구분하는 것이 일반적이다. 당나라 때의 떡차는 끓는 물에 떡차 가루를 넣고 더 끓여서 그 물을 떠 마시는 자다법으로 마신 반면, 송나라 때는 단차를 우선 맷돌에 매우 곱게 갈아 그 가루를 사발에 넣고 뜨거운 물을 부어 풀어서 마셨다. 이렇게 찻가루 자체를 마시기 위해서는 그 본래의 단차 자체가 매우 부드럽고 연할 필요가 있었기 때문에 송나라 때의 단차는 당나라 때의 병차에 비해 훨씬 더 여린 잎을 사용하고 쓴맛 등을 내는 찻잎의 진액[膏]을 짜낸 형태로 차를 만들었다. 이렇게 만들어진 단차를 특히 연고차(軟膏茶)라고 한다.

송나라 무렵에는 이 연고차를 맷돌에 갈아 부드러운 가루로 만든 다음 사

연고차 점다법을 보여주는 송나라 휘종의 〈문회도(文會圖)〉

발 안에 넣고 뜨거운 물을 부은 뒤 차선(茶筅)이라 불리는 도구로 잘 휘저어서 거품이 일도록 만든 다음 마셨다. 이렇게 차 마시는 방법을 점다법(點茶法)이라고 하는데, 오늘날 일본 말차다도에서 사용하는 음다법 역시 이 점다법에 기원한 것이다.

명나라 이후의 산차와 포다법

송나라의 단차는 원나라 때(1271~1368)까지 주류를 이루었는데, 명대(明代)에 이르면 단차 등의 고형차가 거의 갑자기 쇠퇴한다. 이는 명나라(1368~1644) 태조인 주원장(朱元璋)이 1391년에 연고차와 같은 고형차 제다에 매우 많은 비용이 소용되고 백성의 노고도 지나치다며 엽차(산차) 그대로 황실에 진상하도록 명령한 것이 계기가 되었다.

이로써 명나라 이후에는 다관에 산차 찻잎을 넣고 뜨거운 물을 부어 우려 마시는 포다법(泡茶法)이 정착되어 오늘날까지 이어지고 있다. 오늘날 녹차나 청차 등을 우릴 때 사람들이 가장 일반적으로 사용하는 음다법이 바로 이 포다법이다.

포다법이 정착된 것이 명나라 이후의 일이라고는 하지만 명나라 때 포다법이 처음 생긴 것은 아니다. 병차가 유행한 당나라나 단차가 유행한 송나라 때에도 고형차가 아닌 산차(잎차)는 존재했으며, 따라서 포다법 역시 이때부터 있었다.

전다(煎茶)와 팽다(烹茶)

솥 등에 가루차를 넣고 끓여서 마시는 자다법, 사발에 곱게 간 가루차를 넣고 물을 부은 뒤 차선으로 휘저어 마시는 점다법, 다관에 찻잎을 넣고 뜨거운 물을 부어 우려 마시는 포다법 외에도 차 마시는 방법을 의미하는 여러 표현들이 있다. 그중에 가장 대표적이 것이 전다(煎茶)와 팽다(烹茶)이다.

전다라는 용어는 대체로 다관을 이용하여 잎차 우리는 것을 말하며, 그런 의미에서 포다라는 용어와 유사하다. 일본의 경우 말차다도와 구분되는 전차(煎茶)다도가 따로 있는데, 이때의 전차는 증청 후 비비고 건조시켜 만드는 녹차의 한 종류와 그 음다법을 말하는 것이다. 당나라 이후의 과거 기록들에 보이는 '전다'는 이런 엄밀한 구분법에 구애되지 않고 그저 차를 우리거나 달인다는 의미로 사용된 경우가 많다. '팽다' 역시 '차를 우린다'는 의미로 많이 사용되었으며, 특정한 차의 특별한 음다법을 나타내지는 않는다.

이하에서는 동양 3국의 역사적 기록들에 보이는 음다법 관련 표현들의 특징을 통해 당시 애음되던 차의 종류와 그 음다법을 조금 더 알아보기로 하자.

한중일의 음다법 변천사

앞에서 설명한 것처럼 차의 종류가 다르면 그 마시는 방법도 달라지게 된다. 물론 하나의 차를 서로 다른 음다법으로 즐길 수도 있다. 예컨대 보이차의 경우 포다법으로 다관에 우려서 마시는 방법이 일반적이지만, 주전자 등에 물과 함께 넣고 끓이는 자다법으로 마시는 것도 얼마든지 가능하다. 여기서는 말차의 음다법을 중심으로, 한중일 3국에서 시대마다 어떤 음다법들이 명멸해갔는지 알아보기로 한다.

중국의 음다법 변천사

중국인들은 약 5,000년 전 소위 신농(神農)시대부터 차를 알았으며 초창기에는 찻잎을 약으로 이용했다는 것이 일반적인 통설이다. 중국의 다성(茶聖)으로 불리는 육우(陸羽)는 자신의 저서인 《다경(茶經)》에서 "차를 오래 마시면 힘이 솟고 마음이 즐거워진다."는 구절이 신농의 《식경(食經)》에 전한다며 이를 인용하였다. 그러나 《식경》은 현전하는 책이 아니어서 오늘날 육우가 전하는 말의 진위를 알 수는 없다.

문헌상 나타나는 첫 음다법 기록은 삼국시대(22~280)의 장읍(張揖)이 지은 《광아(廣雅)》에서 볼 수 있는데, 그 당시에는 병차(餠茶)를 붉은색이 나도록 굽고 찧어서 가루를 낸 후 자기 속에 넣고 끓는 물을 붓는 것이었다. 또 파, 생강, 귤 등을 섞어 끓여 마셨다. 이 방법은 당나라 시대까지 이어졌다. 육우는 "여러 양념을 넣고 오랫동안 끓이거나 혹은 떠 있는 찌꺼기를 떠내거나 혹은 끓어오른 거품을 버리기도 한다. 이러한 것은 도랑이나 개천에 버릴 물에 불과한데, 세속의 풍속은 그치지 않으니 어찌하랴"라고 하였다.

그 전까지 정립되지 않았던 차에 대한 각종 개념이 육우의 《다경》을 통해 비로소 정립되었다고 할 수 있다. 이로써 제다법(製茶法)과 음다법(飮茶法)이 체계화되고 많은 사람들이 차에 대해 새롭게 인식하게 되었다. 특히 육우는 당시 찻잎을 수증기로 쪄서 절구통에 넣고 찧은 후 압착하여 떡차[餠茶]를 만들고, 음용 시 이를 가루로 내어 솥에 넣고 물에 끓여 마시는 방법을 적극 권장하는데, 이러한 음다법을 오늘날 중국에서는 자다법(煮茶法) 또는 전다법(煎茶法)이라고 혼용하여 부른다.

육우가 활동하던 당
나라 때가 떡차 중심의
시대였다면, 송 나라와
오대 때는 단병차(團餅
茶) 중심의 시대였다.
송나라 시대 이후 음다
법 역시 당나라의 자다
법(煮茶法)에서 점다법
(點茶法)으로 변해갔다.

남송 대 유송년(劉松年)의 〈연차도(撰茶圖)〉에 보이는 연고차 준비 모습

점다법이란 고형차를 다마(茶磨, 차맷돌)로 부드럽게 잘 간 다음 그 가루를
찻사발에 넣고 연고(輾膏)와 같이 끈적끈적하게 만든 후, 적당히 끓인 물을
부어 차선이란 다구로 잘 저어 거품을 내어 마시는 방법이며, 이는 지금의
말차 마시는 방법과 매우 유사하다.

명(明)나라로 접어들면서 제다에서의 지나친 인력 낭비, 또 찻잎을 물로
씻는 세척과 착즙으로 인한 차 맛과 향기의 손상 등 단병차(團餅茶)의 여러
결점들이 인식되어 사람들은 점차 잎차를 더 선호하게 되었다. 잎차를 다
관 등에 넣고 우려 마시는 포다법(泡茶法)은 기존의 점다법보다 간편하고,
차의 향기가 그대로 남아 있기 때문에 많은 사람들이 즐기게 되었다.

특히 평민 출신의 명나라 태조 주원장朱元璋(1368~1398)은 핍박을 받던
차농(茶農)들의 고역을 덜어주고자 1391년 9월 16일 단안을 내려 단차(團茶)
의 제조를 폐지하는 칙령을 내렸는데, 이 칙령으로 약 400년 동안 중국 차
문화를 이끌어 왔던 연고차(研膏茶)의 점다법(點茶法)이 중국 역사상 영원히

단차폐지 칙령을 내려 산차 시대를 연 명나라 태조 주원장

제1부 말차의 탄생과 발전

사라지고 포다법(泡茶法) 시대가 열리게 되었다. 이에 필요한 핵심 다구가 찻주전자, 우리가 흔히 다관(茶罐)이라고 부르는 것이다. 중국에서는 이를 차호(茶壺)라고 하며, 이 다기는 명나라를 거처 오늘날까지 애용되고 있다.

당나라 때는 차를 끓인다는 의미로 '자(煮)'와 '전(煎)'이라는 글자를 주로 썼다. 사전에 의하면 '삶을 자(煮)'는 '삶다, 익히다. 삶아지다. 익다, 소금을 굽다, 짠물을 달이어 소금을 굽다 또는 그 소금'이라는 의미다. 육우의 《다경》 가운데 차 끓이는 법을 설명한 장(章)의 제목이 '오지자(五之煮)'이다. 자다법으로 떡차 끓이는 법을 설명한 파트다.

'전(煎)'은 '달일 전'이니, '달이다, 끓여서 졸이다. 줄이다' 등의 의미다. 백거이(白居易)의 〈산천전차유회(山川煎茶有懷)〉, 류언사(劉言史)의 〈여맹교락북야천상전차(與孟郊洛北野泉上煎茶)〉, 성언웅(成彦雄)의 〈전차절구(煎茶絕句)〉 등의 시에 이 '전(煎)'이 쓰였다.

송나라로 들어오면서 '점(點)'을 많이 쓰기 시작하는데, 송대의 기록 가운데 최초로 나타난 것은 채양(蔡襄)의 《다록(茶錄)》에서다. '점(點)'을 옥편에서 찾아보면 '작은 흔적, 문장의 말소(抹消), 시간의 단위, 작은 조각, 물방울' 등의 의미라고 한다. 《중한사전(中韓事典)》에는 '액체를 한 방울씩 늘리는 것'으로 되어 있다. 이런 '점(點)' 자의 의미들이 찻가루를 아주 조금 넣는다는 '점다(點茶)'로 연결된 것 같다.

명나라로 오면 장원(張源)의 《다록(茶錄)》에서 '포(泡)'가 보인다. 포다법이 이 시기에 정착된 것이다.

일본의 음다법 변천사

전교대사 칭호를 받은 사이초[最澄]의 상

중국에서 일본으로 처음 차가 수입된 것이 언제쯤인지는 확실한 자료가 남아 있지 않지만, 일본의 나라[奈良]시대(710~794)에 일본에서 중국으로 건너간 견당사(遣唐使)나 중국, 인도 등지에서 일본으로 간 승려들에 의해서 단차(團茶)가 일본으로 수입되었을 것으로 본다.

문헌 기록상으로 일본에서 재배되는 차나무는 자생설과 전래설이 있지만, 대체로 중국에서 전래된 것으로 본다. 일본 천태종(天台宗)의 개조인 사이초[最澄, 傳敎大師]는 서기 804년 구카이[空海] 선사와 함께 당나라에 사신 겸 유학승으로 가서 불법을 공부하고 805년 에이추[永忠] 선사와 함께 귀국했는데, 이들이 차나무 씨앗을 가져와 히에이산[比叡山]에 심어 만들어진 것이 일본 최초의 다원인 히요시다원[日吉茶園]이었다고 한다.

아시타치[足立勇]는 《일본식물사(日本植物史)》의 '끽다(喫茶)의 기원'에서 쇼무왕[聖武王] 시대(701~756)에 차 베풀기 의식이 있었다고 하였으며, 여기서 소개한 〈전차기언(煎茶綺言)〉이라는 기록에 '전(煎)'이라는 글자가 보인다.

일본의 헤이안[平安]시대 (794~1192)는 교토[京都]에 도읍하여 문학과 예술이 진흥되던 일본문화의 건설시대였다. 그리고 이 시대의 기록들에서부터 본격적으로 차문화의 흔적이 나타난다.

먼저 사가천황[嵯峨天皇]이 815년 6월 오오미[近江]

사이초가 만든 일본 최초의 다원인 히요시다원과 안내판

로 행차하던 도중 소후쿠지(崇福寺)에 들르게 되었다. 이 절의 에이추[永忠]선사가 그때 손수 끓인 차를 왕에게 바쳤다고 한다. 에이추는 나라시대 말엽에 당나라에 들어가서 헤이안조[平安朝] 초기에 견당사(遣唐使)를 따라서 귀국했기 때문에 필경 당(唐)에서 차 만드는 방법이나 끽다법(喫茶法) 등을 배워온 것으로 여겨진다. 그가 사가천황에게 바친 차는 사카모토에서 채집한 찻잎을 스스로 정제해서 그것을 끓인 것이었을 것이다. 그리고 그때의 차는 단차(團茶)가 아니라 찻잎에 끓인 물을 부어 마시는 전차(煎茶)와 그다지 다르지 않았으리라 여겨진다.

가마쿠라[鎌倉]시대(1185~1333)는 겐큐[建久] 3년(1192) 무가정치(武家政治)의 창시자인 미나모토노 요리토모[源賴朝, 1147~1199]가 가마쿠라에 막부(幕

일본의 다조(茶祖)로 불리는 에이사이 선사는 송나라의 말차 음다법을 일본에 전하고 다서 《끽다양생기》를 지었다.

류신지[龍津寺]의
매다옹(시바야마) 헌창비

府)를 설치한 때로부터 겐코[元弘] 3년(1333)까지의 약 150년 동안을 일컫는다. 이 시대에 활동한 에이사이[榮西, 1141~1215] 선사는 일본 임제종(臨濟宗)의 시조이자 차의 원조라고 일컬어지는 인물이다. 그를 차의 원조라고 하는 까닭은 두 번째의 송나라 유학길에서 돌아오면서 전한 말차법(末茶法) 즉 점다법(點茶法)이 오늘날까지 일본다도의 주류를 이루었기 때문이다.

에도[江戶]시대(1603~1867)는 도쿠가와 이에야스[德川家康, 1542~1616]가 막부를 에도[江戶]에 설치한 1603년부터 도쿠가와 요시노부[德川慶喜, 1837~1913]가 정권을 황실에 반납하게 되는 1867년까지의 약 260년 동안을 가리킨다. 이 시대의 대표적인 차 관련 인물로는 매다옹(賣茶翁) 시바야마[紫山元昭, 1675~1763]가 있다. 일본 전다도(煎茶道)의 시조로 일컬어지는 인물이며, 그가 남긴 기록들에서 잎차를 우리는 것을 의미하는 '전(煎)'이라는 글자를 볼 수 있다.

고려 이전의 한반도 차문화

고려시대는 차문화의 전성기였다. 고려시대(918~1392)에는 476년이라는 긴 세월 동안 왕과 귀족, 사대부, 승려 그리고 일반 백성 모두가 차를 즐겨 마셨으며 차에 관한 의식(儀式)도 대중화되어 있었다. 고려시대의 한반도 주변 국가로서는 거란, 북송, 금나라, 남송, 원나라, 명나라 등이 있었으며, 그 중에 북송, 남송, 명나라 등도 차문화가 크게 발달한 나라였다.

'다반사(茶飯事)'라는 말이 있는데, 옛사람들은 이처럼 밥 먹듯 차를 마시는 것이 일상이어서 그랬는지 이에 관한 구체적인 기록을 많이 남기지는

한반도에 최초로 차 씨앗을 전래했다는 수로왕비의 릉

않았다. 따라서 정사(正史)나 시문집(詩文集), 잡서(雜書) 등의 단편적인 자료 등을 통하여 고려와 그 이전의 한반도 사람들이 차를 어떻게 끓여 마셨는지 살펴볼 수밖에 없다.

이능화(李能和, 1869~1943)의 《조선불교통사(朝鮮佛敎通史)》에는 가락국의 시조인 김수로왕의 왕비 허황옥(許黃玉)이 서기 48년에 차를 인도에서 가져와 백월산에 심었다는 차씨 전래설이 기록되어 있다. 원래 가락이 위치한 낙동강 하류 지역은 신라, 고려, 조선시대의 주요 차 산지였으며 가락에는 일찍부터 음다 풍습이 있었을 것으로 추정된다.

한편 《삼국유사》의 〈가락국기〉에는 신라 제30대 문무왕이 즉위년(661) 3월 가락국 시조인 김수로왕이 자기의 외가 쪽 조상이므로, 즉 자신이 가락국 15대 방손(傍孫)임을 스스로 긍정하여 수로왕의 묘를 종묘에 합조(合祧)하여 제사를 계속 지내라고 명령하였다는 내용이 있다. 그리하여 왕의 17대손인 갱세급간(賡世級干)이 조정의 뜻을 받아 왕위전(王位田)을 책임지고 맡아서 관리하며 해마다 세시(가락국 제2대인 거등왕이 즉위년인 199년에 제정한 정월 3일과 7일, 5월 5일, 8월 5일과 15일)에 술과 단술을 빚고 떡, 밥, 차(茶), 과일 등 여러 가지 음식을 차려 제사를 올렸다고 한다.

이처럼 신라에서는 이미 7세기에 제물로 차를 올렸다는 것이다. 그런데 제례(祭禮)나 상례(喪禮) 등의 형식이 정착되는 데 보통 3대 이상이 걸리는 것을 감안해 볼 때 가락국에서는 이미 6세기 이전부터 차를 마신 것으로 추정된다. 낙동강 하류에 위치한 가락 지방은 토지가 비옥하고 중국 육조(六朝)와도 무역이 성하여 철기문화와 벼농사가 크게 흥하였다. 이로써

하동의 차 시배지 기념비

경제가 발달하고 사회가 안정되었으며, 이에 차문화도 일찍 시작되어 토산차를 재배하고 차를 제례(祭禮)에도 사용하였으며 음다(飮茶) 풍습이 널리 성행하였을 것으로 여겨진다.

《삼국사기》의 〈흥덕왕 3년(828)〉조에는 "당나라에 들어갔다가 돌아온 사신 대렴(大廉)이 차 씨를 가져와 지리산에 심게 했으며, 신라에는 선덕왕 때부터 차가 있었다"고 했다. 이로써 가락, 신라, 고구려, 백제 등에 차를 마시는 음다 풍습이 두루 있었음을 알 수 있고, 이후 등장한 고려는 이런 음다문화가 정착된 삼국과 남북국시대의 풍습을 고스란히 이어받았다.

신라와 고려시대의 음다법 관련 기록들

중국에서 음다법이 자다법(煮茶法), 점다법(點茶法) 그리고 포다법(泡茶法)으로 변하면서 우리의 음다법도 영향을 받았으며, 음다를 표현하는 글자도 시대에 따라 다양하게 변화되었다.

먼저 신라의 경우 김지장(金地藏, 696?~794?) 스님 이전에는 차를 어떻게 마셨는지에 대한 구체적인 표현은 없고 단지 '차(茶), 명(茗)'의 글자들이 몇몇 시(詩)에 보인다. 그러다가 신라 출신의 육신보살 김지장의 시 〈송동자하산(送童子下山)〉에 '팽명구중파롱화(烹茗甌中罷弄花)'의 구절이 처음 나타났다. 여기 나오는 '팽명(烹茗)'의 '팽(烹)'은 일반적으로는 '삶다, 익히다'의 의미인데, 김지장 스님의 시에서는 뒤에 곧바로 '사발'을 의미하는 '구(甌)'와 말차의 거품을 의미하는 '화(花)'가 등장한다. 여기 나오는 '화(花)'는 육우의 《다경》 '오지자(五之煮)'의 '말발화(抹餑花)', 즉 차탕의 거품을 의미하는 것이다.

최치원(崔致遠, 857~?)이 왕의 명령을 받아 지은 진감국사(眞鑑國師) 혜소(慧昭, 774~850)의 비문에는 다음과 같은 구절이 보인다.

혹시라도 외국 향을 가져다 드리는 사람이 있으면 곧 질그릇에 잿불을 담아 환을 만들지 않고 태우면서 "나는 이것이 무슨 냄새인지 알지 못하겠다. 다만 마음을 정성스럽게 할 뿐이다"라고 하였다. 또 중국차를 공양하는 사람이 있으면 돌솥에 섶으로 불을 지펴 가루로 만들지 않고 끓이면

서 "나는 이것이 무슨 맛인지 알
지 못하겠다. 배를 적실 뿐이다"
라고 하였다. 진(眞)을 지키고 속
(俗)을 거스리는 것이 모두 이러
하였다.

或有以胡香爲贈者, 則以瓦載
糖灰, 不爲丸而之曰, "吾不識
是何臭, 虔心而已." 復有以漢
茗爲供者, 則以薪爨石釜, 不爲
屑而之曰, "吾不識是何味, 濡
腹而已." 守眞忤俗, 皆此類也.

하동 쌍계사 진감선사대공탑비

여기 나오는 '이신찬석부(以薪爨石釜)'는 '섶나무로 돌솥에 끓인다'는 말인데, 뒤에 이어지는 '가루로 만들지 않고[不爲屑]'라는 구절로 보아 이때의 차는 병차임을 알 수 있다. 병차의 경우 가루를 내어 솥에 넣고 끓이는 자다법이나, 가루를 사발에 넣고 차선으로 거품을 일구어 마시는 점다법으로 마시는 것이 일반적인데, 진감국사는 가루 내지 않고 그대로 차를 솥에 넣고 끓여 마셨다는 것이 비문의 내용이다. 이에 관하여 정영선은 《한국차문화(韓國茶文化)》에서 "당시 신라 사회의 차 끓이는 방법은 가루 내어 끓이기와 그냥 끓이기의 두 가지 방식이 있었음을 알 수 있다. 진감국사가 끓인 나중 방식은 조선 말엽까지 이어져온 대중적인 차 끓이기 방식"이라고 하였다.

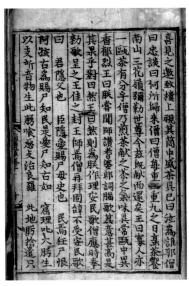
《삼국유사》의 충담사의 '전다' 기사와
〈안민가〉 부분

일연선사(一然禪師, 1206~1289)가 지은 《삼국유사(三國遺事)》의 〈경덕왕 충담사 표훈대덕〉조에는 다음과 같은 기록이 있다.

스님(충담선가)이 이에 차를 끓여 그것을 (경덕왕에게) 바쳤다.
僧乃煎茶獻之.

여기서는 차 끓이는 것을 '전다(煎茶)'라 하였으니, 보통은 다관에 잎차를 넣고 우리는 것을 전다라 한다. 그러나 신라 때의 일이므로 병차를 자다법으로 우렸을 가능성이 높다.

통일신라의 경순왕이 왕건에게 나라를 넘겨준 때가 서기 935년으로, 고려는 신라왕조의 전통과 권위를 계승하였으므로 신라의 차문화도 그대로 수용하였을 것이다. 신라에서는 차 끓이는 일을 '자(煮)'와 '팽(烹)'으로 나타냈는데, 고려에 오면서 '자(煮)'와 '팽(烹)' 외에 '전(煎)'과 '점(點)'으로도 표현되기 시작하였다. 앞서 일연선사가 충담스님의 차 끓이는 것을 '전다(煎茶)'로 표현한 것도 저자인 일연선사가 신라인이 아니라 고려시대 인물이었기 때문이라고 유추해볼 수 있겠다. 하지만 일연스님의 이런 표현은 충담선사의 차가 '잎차'였을 것이라는 오해를 낳는 한 원인이 되었다.

먼저 고려시대의 시문 가운데 '팽(烹)'을 사용한 경우를 보자. 진각국사(眞覺國師, 1178~1234)의 〈묘고대 위에서 짓다[妙高臺上作]〉에는 이런 표현이 등장한다.

　　달이는 차 맛 더욱 향기로와라[烹茶茶有香]

여기서는 '팽다(烹茶)'라는 표현을 썼는데, 또 다른 작품 〈오봉산(五奉山)〉에서는 '전다(煎茶)'로 표현하고 있다.

　　죽 끓이고 차 달이며 소일한다네[煮粥煎茶耶遣日]

진감국사는 차 끓이는 일에 이처럼 '팽(烹)'과 '전(煎)'을 썼다.

이연종(李衍宗, ?~?)은 충렬왕 때의 문신으로 이승휴(李承休, 1224~1300)의 아들이다. 그의 시에서는 '전(煎)'과 '팽(烹)'을 동시에 사용한 것을 볼 수 있다. 〈박치암이 차를 준 데 사례하다[謝朴恥庵惠茶]〉라는 시에 다음과 같은 구절이 보인다.

　　타는 불에 달이기 손수 시음하였네[活火煎烹手自試]

다음은 '자(煮)'가 나오는 시를 보자. 먼저 대각국사(大覺國師) 의천(義天, 1055~1101)의 〈차 선물에 화답하여[和人謝茶]〉라는 시에는 다음과 같은 표현이 등장한다.

달밤에 차 끓이며 속세 근심 잊을까나[煮花烹月洗塵愁]

다시를 여럿 남긴
고려시대 진각국사의 어록집

진각국사(眞覺國寺) 혜심(慧諶, 1178~1234)의 〈백운암에 이르러[到白雲庵]〉에도 '자(煮)'가 보인다.

차 끓이는 향기는 돌길 따라 부는 바람이 전해오네[煮茗香傳石徑風]

정명국사(靜明國師) 천인(天因, 1205~1248)의 〈기옥주서상인(奇沃州誓上人)〉에도 '자(煮)'가 나온다.

이제현 초상

차 달이고 밤 구워 맑은 기쁨 도모한다네 [煮茗燒栗圖淸歡]

이제현(李齊賢, 1287~1367)의 〈우성(偶成)〉에도 '자(煮)'가 보인다.

차 끓는 소리에 해가 기울었네[煮茶聲裏日西南]

다음은 '점(點)'이 나오는 시들이다. 현대

의 말차 다법과 유사하게 가루차를 사발에 넣고 뜨거운 물을 부어 차선으로 휘저어 마시는 음다법을 의미하는 글자다. 먼저 이규보(李奎報, 1168~1241)의 〈천화사에서 놀며 차 마시고 동파시의 운을 쓰다[游天和寺飮茶用東坡詩韻]〉라는 시다.

　　차 달이는 삼매의 손에 힘입어[賴有點茶三昧手]

　　다음은 원감국사(圓鑑國師, 1226~1292)의 〈병중언지(病中言志)〉라는 시로, 여기에도 '점(點)'이 보인다.

　　산차(山茶)를 달여 날더러 맛보라고 하네[來點山茶勸我嘗]

이색(李穡, 1328~1396)은 아예 〈점다(點茶)〉라는 제목의 시를 남겼는데, 그중에 이런 구절이 등장한다.

　　밝은 창가에서 차를 달이네[晴窓便點茶]

다음은 '전(煎)'이 나오는 고려시대의 시들이다. 전다는 일반적으로 잎차를 다관 등에 우려 마시는 음다법을 지칭하는 것이다. 그러나 고려시대의 시들에 나타난 점다가 반드시 이런 음다

〈점다〉라는 시를 남긴 이색의 초상

법을 의미하는 것인지는 불분명하다.

먼저 이규보(李奎報, 1168~1241)는 〈엄선사를 찾아서[訪嚴師]〉라는 시에서 이렇게 말한다.

고려시대의 대표적 차인이었던
이규보의 초상

혜산의 물로 달인 것이 제일일세[煎却惠山水]

안축(安軸, 1287~1348)의 〈한송정에 제하다[題寒松亭]〉에도 '전다(煎茶)'라는 표현이 등장한다.

남은 것은 오직 차 끓이던 우물뿐[唯有煎茶井]

정몽주(鄭夢周, 1337~1392)는 제목에 '전다'가 들어간 시를 썼는데, '돌솥에 차를 달인다'는 의미의 〈석정전다(石鼎煎茶)〉가 그 작품이다.

〈석정전다〉 시를 남긴 정몽주의 초상

이숭인(李崇仁, 1349~1392)의 〈백렴사혜차(白廉使惠茶)〉에도 '전(煎)'이라는 글자가 보인다.

잘 피어나는 불과 맑은 물로 차를 달이니[活火淸泉手自煎]

이상에서 살펴본 것처럼 신라와 고려 사람들의 기록에는 자다법(煮茶法), 점다법(點茶法) 그리고 포다법(泡茶法)을 나타내는 글자들이 두루 나타난다. 구체적인 음다법을 나타낸 경우도 있지만 포괄적인 의미에서 '차를 끓인다'는 뜻으로 사용한 경우도 적지 않으므로 그 구체적인 음다법은 시대적 상황과 기록 전체의 의미를 따져 새겨야 한다.

대다완(관문요 김종필 作)

전통시대 중국의
말차 제다법

　　여기서는 현대의 일본식 말차와는 달랐던 전통시대의 말차 제다법에 대해 알아보기로 하자. 특정한 차를 이해하는 가장 좋은 방법 가운데 하나는 그 제다법의 특징과 음다법의 특징을 이해하는 것이라고 할 수 있다. 그렇다면 차의 종주국이라는 중국에서는 과거에 어떤 말차를 어떻게 만들고 음용했을까?

◀ 장소제공 아리랑차문화연구원 최송자

당나라 때의 말차 제다법

육우는 《다경》에서 차의 종류로 각차(角茶), 산차(散茶), 말차(末茶), 병차(餠茶)가 있다고 했다. 이 가운데 육우가 가장 주목한 차는 병차로, 육우는 《다경》을 통해 이 병차의 제다법과 음다법을 상세히 정리하고 있다. 병차의 제다법은 《다경》의 '삼지조(三之造)'에 나오는데, 이에 따르면 병차는 '채지(採之), 증지(蒸之), 도지(搗之), 박지(拍之), 배지(焙之), 천지(穿之), 봉지(封之)'의 과정을 거쳐 만들어진다.

여기서 채지는 찻잎의 채취를 말하고, 증지는 찻잎을 뜨거운 증기에 쬐어 산화효소의 활성을 중지시키는 살청(殺靑) 혹은 증청(蒸靑)의 과정이다. 도지는 쪄진 찻잎을 절구에 넣고 찧는 과정이며, 박지는 찧어진 찻잎을 일정한 모양의 틀에 넣어 성형하는 과정이다. 배지는 말리는 과정을 말하고, 천지는 엽전에 난 구멍처럼 병차(떡차)의 중앙에 구멍을 뚫는 것이다. 이 구멍에 실이나 꼬치를 꿰어 매달고 포장하는 것이 마지막 공정인 봉지다.

이렇게 만들어진 병차는 자다법(煮茶法)으로 마시는데, 《다경》의 '오지자(五之煮)'에 그 구체적인 방법이 설명되어 있다. 병차를 마시기 위해서는 우선 차를 불에 구워야 하는데, 차를 집게에 끼워 불에 바짝(다섯 치정도의 거리) 대고 굽는다. 구워진 차는 연조(碾槽)에 갈고 체[羅]로 쳐서 고운 가루로 만들고, 이를 물이 끓는 돌솥 등에 넣고 저어서 마신다.

송나라 때의 말차 제다법

송나라 시대가 되면서 병차 대신 연고차(단차)가 유행하는데, 이 연고차는 오대(五代)와 남당(南唐)에서 이미 생산되기 시작한 차이다. 송나라 시기에 유행한 단차(團茶)의 특징은 찻잎을 찌고[蒸], 씻고, 찻잎의 고(膏)를 짜낸[榨] 후, 갈아서[硏] 틀에 넣고 단단한 형태[團]로 만든다는 것이다. 당나라 시대의 병차가 찻잎을 절구에 찧어 만든 차라면, 송나라 시기의 단차(연고차)는 찻잎을 물에 씻고 차의 맛과 향을 내는 찻잎 속의 고(膏)를 모두 짜버린 후 만드는 차라는 특징이 있다.

송나라 시기의 단차 가운데 가장 유명한 것이 용봉단차(龍鳳團茶)로, 이에 대해《중국차문화대사전(中國茶文化大辭典)》은 이렇게 설명하고 있다.

단차(團茶)는 차의 이름이며, 송나라 때의 용봉단차(龍鳳團茶)가 유명하다. 소단용봉차(小團龍鳳茶)를 소단(小團), 대단용봉차(大團龍鳳茶)를 대단(大團) 또는 단차(團茶)라 한다. 송나라 구양수의《귀전록(歸田錄)》에 "차의 품질에서 용봉보다 더 귀한 것이 없다."고 하였다.

단차를 흔히 월단(月團)이라고도 하는데,《중국차엽대사전(中國茶葉大辭典)》에서는 월단을 이렇게 설명한다.

월단(月團)은 단병차를 지칭한다. 당송시대의 차는 단병차로 만들었는데, 시문에서 자주 달처럼 생겼다고 비유하였다. 예컨대 당나라 노동

당송 시대에 사용되던 다연(茶碾)

(盧仝)의 〈주필사맹간의기신차(走筆謝孟諫議寄新茶)〉에 '봉함을 여니 친구
인 간의(諫議) 그대 얼굴 보는 듯한데, 세어보니 단차 300조각이었소'라
하였다.

노동이 친구 간의로부터 받은 차가 사람의 얼굴같이 둥근 월단, 곧 단차
였음을 알 수 있다. 그런데 이때의 단차란 병차와 대비되는 의미의 단차가
아니라 단차와 병차를 아울러 이르는 단병차의 의미이다.

송나라 시기에 크게 유행한 단차의 제다법은 정위(丁謂)의 《북원다록(北
苑茶錄)》을 시작으로 채양(蔡襄)의 《다록(茶錄)》, 휘종(徽宗)의 《대관다론(大
觀茶論)》, 웅번(熊蕃)의 《선화북원공다록(宣和北苑貢茶錄)》, 황유(黃儒)의 《품
다요록(品茶要錄)》 등 여러 책에 소상히 기록되어 있으며, 조여려(趙汝礪)의
《북원별록(北苑別錄)》에는 단차를 이용하여 말차(末茶) 만드는 방법이 자세
히 나온다.

정위의 《북원다록》과 단차의 시작

'대소 용봉단차는 정위(丁謂)에서 시작되고 채양(蔡襄)에서 완성되었다.'는 내용이 중국의 여러 다서는 물론 초의스님의 《동다송(東茶頌)》에도 인용되어 있다. 이렇게 단차를 처음 만들었다고 알려진 정위(丁謂)가 지었다는 《북원다록(北苑茶錄)》 실물은 오늘날 전하지 않는다. 《동계시다록(東溪試茶錄)》, 《선화북원공다록(宣和北苑貢茶錄)》, 《사물기원(事物紀原)》 등의 책에 일부 내용이 인용되어 전할 뿐이다. 예컨대 다음과 같은 구절이다.

> '용차(龍茶)'는 태종(太宗) 태평흥국(太平興國) 2년(977)에 조정의 사신을 파견하여 만든 단차이며, 틀의 모양을 따로 제작해서 백성들이 마시는 차와 구분을 지었다.

이에 따르면 태평흥국 2년인 977년에 조정에서 파견된 사신에 의해 용봉틀에 넣어 만든 황실용 용단봉병(龍團鳳餠)이 북원에서 처음 만들어졌다. 이때의 용단(龍團)은 황제, 집정(執政), 친왕(親王), 공주(公主)를 위한 것이고, 봉병(鳳餠)은 그 밖의 황족이나 학사(學士), 장수용이었다고 한다.

채양의 《다록》과 말차 제다법

채양(蔡襄)은 경력(慶曆, 1042~1048) 연간에 소용단(小龍團)을 만들어 황제인 인종의 총애를 받았다. 소용단(小龍團)은 용단(龍團)보다 더 작으며 만드는 방법도 한층 더 정교해져 이 소단(小團)이 나오면서 용봉차가 뒤로 밀리게 되었다. 대용단(大龍團)은 1근에 8덩이, 소용단(小龍團)은 20덩이였다. 완

단차를 완성한 인물로 평가되는 채양의 초상

성된 단차를 음용하기 위해서는 우선 가루차로 만드는데, 이를 실제로 음용하는 방법은 다음과 같다.

첫째, 차 굽기[炙茶]의 과정이다. 병차(餠茶)는 해를 넘기면 곧 묵은내가 난다. 산화된 부위를 제거하려면 먼저 깨끗한 그릇에 넣고 끓는 물을 부어 차를 불린다. 차 표면의 상태에 따라 약 한 냥정도의 떡차 표면에 있는 묵은 기름인 고유(膏油, 산화된 부위)를 벗겨낸다. 차 집게[茶鈐]로 집어 약한 불에 바싹 말린 후 부수어 맷돌에 간다. 만약 병차가 그 해에 만들어진 것이라면 (산화되지 않았기에) 곧 이와 같은 방법은 필요하지 않다.

둘째, 차 갈기[碾茶]의 과정이다. 병차를 맷돌에 갈 때는 먼저 깨끗한 종이로 촘촘히 싸서 망치로 부순 후 충분히 간다. 이때 너무 급하게 갈면 차의 색이 희게 되고, 혹 밤을 지나면 곧 찻가루가 변질(산화)되어 빛깔이 어두워진다.

셋째, 체 치기[羅茶]의 과정이다. 섬세하고 곱게 체질을 하면 (찻가루를 풀었을 때) 곧 유화(乳花)가 뜬다. 거칠게 체질을 하면 (찻가루가 가라앉으므로) 물이 뜨고 유화가 일어나지 않는다.

휘종의 《대관다론》과 단차 제다법

휘종(徽宗)은 정치에는 무능했지만 예술적인 재능은 뛰어난 황제였다. 특히 차를 좋아했으며 친히 신하들을 위해 여러 번 점다(點茶)를 하기도 하였다. 그를 가리켜 다제(茶帝)라고도 부른다.

《대관다론(大觀茶論)》의 대관(大觀)은 휘종의 연호(1107~1111)이며, 대관 초년에 지은 다서(茶書)로 모두 20편에 이른다. 《대관다론》은 황제의 저서라 하여 《성송다론(聖宋茶論)》이라고도 한다. 차의 산지, 차 따는 시기, 차 제조법, 차 감별, 차도구,

다제(茶帝)로 불린 송나라 휘종의 초상

점다(點茶) 방법, 차의 색향미와 품명(品茗) 등 차에 관한 다양한 일들이 기록되어 있다. 여기에 실린 단차의 제조 과정을 간략히 정리해보면 다음과 같다.

우선 차 싹은 깨끗이 씻고, 제다용 기구는 청결하게 닦고, 찻잎을 알맞게 쪄서 누른다. 반고체 상태의 잎을 갈 때는 충분히 갈고, 말릴 때는 화력을 잘 조절해야 한다. 차를 마실 때 모래가 조금이라도 있으면 이는 찻잎을 씻을 때 혹은 제다 기구를 닦을 때 청결하지 못했기 때문이다.

제조가 끝난 단차(團茶) 표면의 결이 마르고 붉은 것은 건조 과정이 지나치게 길었기 때문이다. 차를 만들 때 미리 가공 가능한 시간을 예상하고, 필요한 노동력을 확보하며, 찻잎을 따는 수량을 헤아려 하루 안에 완성하

도록 한다. 이는 찻잎이 하룻밤을 지나게 되면 곧 (산화되어) 색과 맛을 해칠 우려가 있기 때문이다.

조여려의 《북원별록》과 말차 제다법

조여려(趙汝礪)의 《북원별록(北苑別錄)》은 웅번(熊蕃)이 지은 《선화북원공다록(宣和北苑貢茶錄)》을 증보한 것이며, 단차(團茶) 만드는 과정이 가장 자세하다. 여기에는 세색오강(細色五綱) 43종, 추색칠강(麤色七綱) 46종 등 총 89종의 공차(貢茶)가 등장한다. 조여려는 남송(南宋) 효종 때 사람으로 전운사(轉運使)의 주관장사(主管帳司)로 용봉단차(龍鳳團茶)의 제작 과정에 직접 참여하였으며, 단차 만드는 과정도 다음과 같이 자세하게 8단계로 나누어 설명하고 있다.

① **제다의 시작인 개배(開焙)** 만물이 움트기 시작하는 경칩(驚蟄)이 되면 해마다 3일 전에 차 공정을 시작하며, 윤년일 경우 3일을 늦추는데 이는 기후가 약간 늦어지기 때문이다.

② **차 따기[採茶]** 차를 딸 때는 반드시 날이 밝기 전에 해야 하며 해를 받으면 안 된다. 이는 날이 밝기 전에는 아직 밤이슬을 머금고 있어서 차의 싹[芽]이 튼실하고 윤이 나지만, 햇빛을 보면 곧 태양의 기운으로 인해 차 싹[芽]의 진액이 싹 안에서 훼손되어 물을 받았을 때 차탕이 선명하지 못하다. 따라서 매일 오경(五更) 즉 오전 4시경에 북을 쳐서 일꾼들을 봉황산으로 모이게 한다(산에는 북 치는 정자가 있다). 감독관[監採官]은 일꾼들에게 패

하나씩을 나눠주고 입산하게 하여, 진시(辰刻) 즉 오전 8시경이 되면 다시 꽹과리를 쳐서 일꾼들을 모아 차 따는 일을 중지시키는데, 이는 시간이 지났는데도 일꾼들이 욕심을 내어 조금이라도 더 따려는 염려가 있기 때문이다. 대저 차 따는 일은 숙련되어야 하므로 일꾼을 뽑을 때는 반드시 토착민으로 차 따는 일에 익숙한 사람을 뽑으며, 이는 비단 차 따는 시기를 잘 알아야 할 뿐만 아니라 손가락을 쓰는 요령도 잘 알아야 하기 때문이다. 대체로 손톱 아닌 손가락으로 차 싹을 따면 곧 싹이 체온에 의해 손상되기 쉽고, 손가락 아닌 손톱으로 차 싹을 따면 곧 싹[芽]이 쉽게 끊어져 비틀지 않아도 된다.

③ **찻잎 가리기[揀茶]** 찻잎에는 소아(小芽), 중아(中芽), 자아(紫芽), 백합(白合), 오체(烏蔕) 등의 종류가 있으며 이를 분별하지 않으면 안 된다. '소아'란 응조(鷹爪) 곧 매의 발톱과 같이 작은 싹을 말한다. 가장 먼저 진상되는 공차인 용원승설(龍園勝雪)과 백차(白茶)를 만들 때 쓰이는데, 싹을 먼저 쪄서 익힌 후 물동이 속에 담근 뒤 발라서 그 정영(精英)을 취하며, 모양은 마치 침과 같아 이것을 수아(水芽)라 하니, 이는 싹 중에서도 으뜸이다. 중아(中芽)란 옛사람들이 일컬은 일창일기(一鎗一旗), 곧 한 싹에 한 잎을 말한다, '자아(紫芽)'란 잎이 자줏빛이 나는 것을 말한다. '백합(白合)'은 소아를 감싸고 있는 두 잎을 말한다. '오체(烏蔕)'란 찻잎의 체 꼭지가 바로 그것이다. 대저 찻잎은 수아(水芽)를 최상으로 삼으며, 소아가 그 다음, 중아가 또 그 다음이다. 자아, 백합, 오체 등은 모두 쓸 만한 것이 못된다. 차 싹을 정선하여 차를 만들면 곧 단차의 색깔과 맛이 좋지 않은 것이 없다. 만일

취하지 않아야 할 것을 섞는다면 단차의 표면이 고르게 나타나지 않을 뿐더러 빛깔도 탁하고 맛도 무겁다.

④ **차 찌기**[蒸茶] 싹[芽]은 여러 번 씻어 깨끗이 한 후에 시루에 넣고 물을 끓여 찌도록 한다. 그러나 지나치게 쪄서 생기는 병폐와 덜 쪄서 생기는 병폐가 있다. 지나치게 익으면 곧 빛깔이 누렇고 맛이 싱거우며, 덜 익으면 빛깔이 푸르고 맛이 쉽게 가라앉고 풋내마저 있어 오직 중화를 얻는 것이 가장 알맞다.

⑤ **차 짜기**[榨茶] 익은 차 싹을 가리켜 '차황(茶黃)'이라 하며, 반드시 물에 여러 번 씻어야 한다. 식히기 위함이다. 이어 작은 틀[小榨]에 넣어 차황의 물기를 짠 후 다시 큰 틀[大榨]에 넣어 진액인 차고(茶膏)를 짜도록 한다. 수아(水芽)일 경우에는 더 높은 압력 틀인 마자(馬榨)에 넣어 짜는데, 이는 싹이 너무 여리고 가늘기 때문이다. 방법은 먼저 (차황을) 헝겊으로 싸고 대껍질로 묶은 후에 대자(大榨)에 넣어 누르도록 하고 밤이 되면 이를 꺼내 고르게 펼친 후, 다시 앞의 방법과 같이 틀에 넣어 다시 누르는데 이런 과정을 번자(翻榨)라 한다. 이 일은 밤새도록 진액이 말라서 곧 차의 내용물을 완전히 짜낼 때까지 한다.

⑥ **차 갈기**[研茶] 차 싹을 가는 도구는 잣나무로 만든 절구 공이와 진흙으로 구워 만든 질동이로 한다. 잘 짜인 차황은 단차의 품목에 따라 나누어 물을 넣고 가는데, 따르는 물에도 모두 일정한 양이 있으며, 가장 좋은 승설(勝雪)과 백차(白茶)에는 16잔의 물, 그 아래 등급인 간아(揀芽)는 6잔의 물,

소용봉(小龍鳳)은 4잔, 대용봉(大龍鳳)은 2잔, 나머지는 모두 12잔을 사용한다. 12잔 이상의 물을 사용한 단차의 차황은 하루에 1개만 갈 수 있고, 6잔 이하는 하루에 3~7개까지 갈 수가 있다. 매번 갈 때는 반드시 물이 마르고 차황(茶黃)이 고와질 때까지 간다. 물이 마르지 않으면 곧 차황이 고와지지 않으며, 차황이 고와지지 않으면 단차의 표면이 고르지 않게 되어 이것을 (가루를 내어) 시범으로 풀었을 때 가루가 쉽게 가라앉는다. 따라서 찻잎을 가는 인부들은 힘이 세고 강한 사람을 귀하게 여긴다. 일찍이 천하의 이치에 이르길 서로가 필요치 않으면 이루어질 수 없다고 하였다. 북원의 차 싹이 있기에 용정(龍井)의 물도 있다. 용정의 물 깊이는 비록 한 길이 안 되나 맑고 달며 밤낮으로 길어도 마르지 않아 대체로 북원으로부터 진상된 차는 모두 이 물의 도움을 받고 있다. 이는 마치 비단이라면 촉강(蜀江), 아교(阿膠)라면 아정(阿井)과도 같은 관계이므로 어찌 믿지 않을 수 있겠는가.

⑦ **차 만들기**[造茶] 대저 가는 동이에서 연고와 같은 차를 처음 꺼내게 되면 고를 수 있도록 흩어지게 하며, 매끈하도록 주무른 후 틀에 넣어 고형차로 만들어 이를 삿자리에 널어 말린다[過黃]. 네모난 모양[方銙], 꽃 모양[花銙] , 대룡(大龍), 소룡(小龍) 등의 모양이 있다.

⑧ **차 말리기**[過黃] 단차 말리기는 처음에 센 불에 쬐어 말리고, 이어서 끓는 물에 넣어 데치는데, 무릇 이와 같은 공정을 세 차례 반복한 후 매화(埋火)의 불기운으로 하룻밤을 건조시켜 그 이튿날 비로소 연배(煙焙)를 한다. 언배의 불기운은 세차서는 안 되며, 불기운이 세차면 곧 단차의 표면이

탈 뿐만 아니라 빛깔도 검게 되고, 또한 연기가 있어도 안 되며, 연기에 그을리면 곧 차향이 사라지고 탄 맛이 나므로 불기운이 따스할 정도면 알맞다. 대체로 건조한 횟수는 모두 단차의 두께에 따라 다르다. 두꺼운 단차는 10~15회, 얇은 단차는 6~8회를 거친다. 충분한 횟수를 거치고 나면 곧 끓인 물에 한 번 담가 윤기를 낸 후에 차를 밀폐된 방에 두고 급히 부채질을 하는데, 이는 곧 차의 색이 자연스러운 빛을 내도록 돕는다.

송나라 단차 제다법의 특징

송나라 단차(團茶)와 당나라 병차(餠茶)의 차이점과 공통점을 정리해보자.

첫째, 찻잎을 찌는[蒸] 과정은 같으나 차고(茶膏)를 짜느냐 짜지 않느냐에 차이가 있다. 병차(餠茶)의 제다에 대하여 육우는 《다경》에서 이렇게 말한다.

세 쪽으로 갈라진 닥나무 가지를 만들어 쪄진 아(牙), 순(筍), 엽(葉)을 흩어지게 하며, 이는 찻잎의 진액인 고(膏)가 유실될 염려가 있기 때문이다.

이처럼 병차를 만들 때는 차고(茶膏)를 짜지 않으며, 오히려 차고(茶膏)가 유실되는 것을 경계하고 있다. 그러나 단차(團茶)의 제다 과정에는 차고(茶膏)를 짜는 과정[榨]이 있다. 주자진(朱自振)이 당나라의 병차와 송나라의 단차 만드는 것을 비교한 내용 중에 이런 구절이 있다.

당대의 제다(製茶) 시에는 고(膏)가 유실될까 두려워했는데, 송대에는 몇 번이나 씻고 쪄낸 후 다시 씻고, 크고 작은 틀에 넣어 고(膏)를 전부 짜냈다. 송대의 공차는 수단을 다해 고(膏)를 짜고 물기를 제거하는 것을 좋다고 생각하였다.

요약하면, 병차는 차고(茶膏)를 짜지 않으며 단차는 차고를 짰음을 알 수 있다.

둘째, 당의 병차는 차를 구(臼, 절구)에 저(杵, 공이)로 찧어[搗] 틀에 넣어 만들었지만, 단차(團茶)는 조여려의《북원별록》의 연차(研茶)에서처럼 고(膏)를 짠 찻잎을 와분(瓦盆)에 담아 물을 부어가며 곱게 갈아서[研] 만들었다.

절구에 찧어 만든 병차는 갈아서 만든 차보다 거칠며[粗], 이를 틀에 넣어 만든 차는 말린 후에도 입자가 굵기 때문에 쉽게 떼어 낼 수 있다. 나중에 나무 연(碾)으로 가루를 낼 수 있지만 미세하고 고운 가루가 될 수는 없다.

반면에 단차는 승설(勝雪), 백차(白茶)처럼 16번의 물을 부어가며 힘센 장정이 하루 종일 갈아도 한 편(片)밖에 만들 수 없었다. 이처럼 갈아서[研] 더 미세해진 알갱이를 권(圈)과 모(模)에 눌러 만든 단차는 당연히 병차보다 더 단단하다. 이 단단한 단차를 침추(砧推) 또는 목대제(木待制)로 깨트리고, 이 것을 연(碾)에 간 고운 분말이 점다법(點茶法)에 이용될 수 있었던 송나라의 말차(末茶)이다.

셋째, 단차(團茶)의 형태를 만드는 틀의 재질은 병차(餅茶)의 형태를 만드는 틀의 재질과 다르다. 병차의 형태를 만드는 틀의 재질은 육우의《다경》 '이지구(二之具)'에 따르면 쇠로 만들었다.

(병차의 형태를 만드는 도구인) 규(規)는 모(模)라고도 하고 권(棬)이라고도

하며, 철로 만들고, 둥근 모양이거나 네모 모양이거나 꽃 모양이다[規
一日模 一日棬 以鐵製之 或圓 或方 或花].

반면에 송나라 단차(團茶)의 형태를 만드는 틀의 재질은 거의 대부분 은
(銀)과 동(銅) 그리고 대나무[竹] 등으로, 웅극(熊克)이 그의 아버지 웅번(熊蕃)
의 《북원공다록》에 등장하는 38개의 단차 모양과 그때 사용한 권(圈)과 모
(模) 등을 보충한 그림에서 이를 알 수 있다.
단차의 형태를 만드는 틀이 부드러운 은(銀)이나 동(銅), 대나무[竹]로 만
들어졌기에 단단한 쇠로 만드는 것보다 모양이 더 정교하고 차에 새겨진
문양도 복잡 다양할 수 있었다.

말차 찻자리(밝달가마 여상명 作) ▶

05

전통시대 일본의
말차 제다법

오늘날 일본은 말차의 최대 생산국이자 소비국이며, 말차다도는 대표적인 일본 전통문화로 여겨지고 있다. 그렇다면 일본의 말차 문화와 제다법은 언제 어떻게 시작되고 어떤 과정을 거쳐 오늘에 이르렀을까?

여기서는 일본 전통시대의 말차 제다법에 대해 알아보되, 헤이안, 가마쿠라, 무로마치시대를 중심으로 살펴보기로 한다.

◀ 장소제공 **김명익**

헤이안시대의 병차 제다법

　헤이안[平安, 794~1192]시대는 교토[京都]에 도읍하여 문학과 예술이 진흥되던 일본문화의 건설 시대였다. 일본 차의 시원(始原)에 대해서는 어느 것이 확실한 것인지 불분명하며, 유추해석의 테두리를 벗어나지 못하는 한계가 있다. 이 당시 이용되던 차는 어떤 종류이며 어떻게 만들었는지 역시 알기 어렵다. 다만 몇 가지의 문헌자료를 통하여 유추하고 있다.

　스가와라[菅原淸公, 770~842]의 《능운집(菱雲集)》에 사가왕[嵯峨王]이 서기 814년 4월 28일 경성(京城)의 기관(奇觀)이라던 후지와라(藤原冬嗣, 775~826) 대신의 저택 한원(閑院)에 거둥하여 노닐 때 읊은 차시(茶詩)가 수록되어 있는데, 서로 상반된 해석을 낳고 있는 작품이다.

　먼저 〈여름날 좌대장군인 후지와라 후유츠구의 한거원[夏日 左大將軍 藤原冬嗣閑居院]〉이라는 시에는 다음과 같은 구절이 등장한다.

　　시를 읊으니 향기로운 차 찧기에 싫증이 나지 않고
　　흥에 겨우니 오로지 거문고 타는 소리 듣기에 좋다네.
　　吟詩不厭搗香茗 乘興偏宜聽雅彈.

　〈가을날 황태자의 연못 정자에서 천(天)이라는 글자를 읊다[秋日 皇太子池亭 賦天子]〉라는 시에는 이런 구절도 보인다.

쓸쓸하고 그윽한 흥취 있는 곳
동산 안은 차 연기로 가득 하네.
脩然幽興處 院裡滿茶煙.

헤이안시대에 차시를 남긴 사가왕의 초상

이 시에 대하여 누노메[布目潮風] 박사는 〈당풍문화(唐風文化)와 차(茶)〉라는 논문을 통해 '찧기[搗]'와 '차 연기[茶煙]'를 당나라 육우의 《다경》에 나오는 떡차[餠茶] '만들기'의 관점에서 해석하였다. 반면에 오우이시[大臣貞男]는 다음과 같이 차를 '달여 마시는' 과정으로 보았다.

"헤이안시대의 《문화수려집(文化秀麗集)》에 '차를 찧네[搗茗]'라는 말이 나오는 것은 당대(唐代) 제법(製法)의 단차(團茶)를 찧어서 곱게 한 것일 뿐이므로, 이것은 쪄서 만든 것일 것이다. (중략) 시문을 남긴 귀족, 승려 등의 차 만들기와 차 마시기는 육우의 제법(製法)과 음법(飮法)을 그대로 답습(踏襲)하고 있는 것으로 보아도 좋으리라."

결론적으로 헤이안시대의 음다(飮茶)와 차 만드는 법은 중국 당나라의 그것을 그대로 따라 병차(餠茶)를 만들었을 것으로 본다.

가마쿠라시대의 말차 제다법

가마쿠라[鎌倉]시대는 헤이안[平安]시대의 후기로, 이 시대에 송나라에 유학하고 돌아오는 승려들이 많았으며 이들이 음다 풍습이나 차 씨앗을 가지고 돌아왔다. 특히 에이사이[榮西] 선사가 두 번째 송나라 유학에서 돌아오는 길에 차 씨를 가져다가 세부리산[背振山]에 심었다는 것이 통설로 되어 왔다.

한편 요시무라[吉村亭] 등은《일본의 차》에서 "확실히 '차 종자(種子)'에 국한해서 말하면 에이사이[榮西]에 의한 그 전래는 거의 근거가 없는 '통설'이라고 말할 수 있으며, 차나 차나무 도입도 정도의 차이는 있을지언정 이미 전대(前代)의 일에 속한다. 그러나 에이사이에 의한 송대 말차법(抹茶法)의 전래까지는 부정할 수가 없다."고 하였다.

가마쿠라시대에 전래된 것은 송대의 말차법이며, 이 당시 일본의 말차 제다법 역시 송대의 말차 만드는 것과 같으며 현재까지 일본에 전승되고 있다.

말차(抹茶)는 차의 잎을 차 절구에다 빻아 분말로 한 차이기 때문에 히끼차[碾茶]라고도 한다. 이 말차가 당대의 단차나 명대의 전차와 다른 점은 정선된 차의 잎을 그 끓인 즙(汁)만을 마시는 것이 아니라, 분말로 해서 전부를 음용하기 때문에 영양적으로 효과가 더 많다는 점이다. 에이사이는 중국 체재 중에 이 말차를 마시는 법이나 그 끓이는 법 등을 터득한 것으로 본다.

무로마치시대의 말차 제다법

무로마치[室町]시대를 아시카가
[足利]시대라고도 하는 것은 정권을
잡은 아시카가가 교토[京都]에 막부
를 개설하고 또 정계를 떠난 시기와
같기 때문이다. 그 연대는 1396년
에 고코마쓰 천황[後小松天皇, 1377~
1433]이 세 가지의 신기(神器)를 받은
때부터 1573년 오다 노부나가[織田
信長, 1534~1582]에게 쫓길 때까지의
180년 동안이다.

무로마치시대의 주인공인 아시카가의 초상

이 시대의 말차(抹茶) 만드는 방법은 가마쿠라시대와 다르지 않았으며,
일본의 다도(茶道)가 이 시기에 싹트기 시작하였다.

명경박사(明經博士)인 나카하라[中原師守]의 조정일기(朝廷日記)인 《모로모
리기(師守記)》(1339~1374)에 따르면 음력 4월 초순과 중순 사이에 귀족들이
대궐 안의 곡창원(穀倉院) 차밭에서 차를 따면 그 자리에서 차를 만들어주
는 사람이 있었다고 한다. 난보꾸조(南北朝)시대 후기부터 무로마치시대 초
기에 성립된 것으로 전하는 《정훈왕래(庭訓往來)》에는 건잔[建盞, 복건성 덕화
현의 건요(建窯)에서 구워낸 토끼털 무늬의 검은 찻사발], 찻솔[茶筅], 차통(茶桶), 차
행주[茶巾], 차숟갈[茶杓], 차맷돌[茶磨], 차단지[茶櫃] 등의 다구가 보이므로
당시 주로 말차가 성행했다는 것을 알 수 있다.

송대 건요에서 생산된 요변천목건잔. 오사카 후지타미술관(藤田美術館) 소장

겡에법사(玄惠法師, 1269~1350)가 지은 《끽다왕래(喫茶往來)》에 따르면 당시의 차는 봄에 딴 찻잎을 쪄서 만들어 찻솔[茶筅]로 저어 마시는 말차였다.

현지수(여원) 藏 ▶

고려의 말차 제다법

    우리 역사에서 말차가 유행한 시기는 대체로 고려시대라고 할 수 있다. 그러나 고려의 말차 제조법에 관한 상세한 기록은 남아 있지 않으며, 시문(詩文) 등에서 단편적인 언급을 찾을 수 있을 뿐이다. 고려의 기록들은 대체로 송나라 때 조여려(趙汝礪)가 지은 《북원별록(北苑別錄)》의 내용에 준하여 말차 만드는 법 등을 언급하고 있다. 고려의 말차 즉 연고차(研膏茶)도 송나라의 제다법에 준하여 만들어졌으며 찻잎의 등급도 송나라의 분류에 준하여 나뉘었다.

◀ 장소 함양 남계서원

찻잎의 분류

특등품 은선수아(銀線水芽) 쪄낸 찻잎을 맑은 물에 담가서 껍질을 벗겨
내어 바늘과 같은 한 가닥만 골라 쓴다. 그것은 물속에서 은실처럼 빛나기
때문에 은선수아(銀線水芽)라고 한다.

1등품 조아(早芽) / 소아(小芽) 차의 어린 순이 '매의 발톱[鷹爪], 참새 혀[雀
舌], 보리알[麥顆]'과 같아서 올싹[早芽] 또는 작은 싹[小芽]이라고도 하였다.

2등품 간아(揀芽) 한 싹[一槍]에 한 잎[一旗]이 달린 것으로 가린 차[揀茶]라
고도 한다.

3등품 중아(中芽) 한 싹에 세 잎, 네 잎이 달린 쇤잎[老葉]이다.

이와 같이 다섯 등급의 찻잎 중에서 2등급까지를 귀하게 여겼고, 3등품
인 중아(中芽) 이하의 찻잎은 사용하지 않았다.

말차 만들기

① **차 따기** 차의 맛을 떫게 하는 백합(白合)과 빛깔을 흐리게 하는 오체
  (烏蒂)를 가리면서 차 순을 손톱으로 끊어 딴다.

② **차 씻기** 찻잎에 있는 먼지, 손가락의 땀과 기름기를 물에서 씻어 낸다.

③ **찻잎 찌기** 차 싹은 물로 네 번 씻은 뒤 쪄낸다. 지나치게 익으면 찻잎
  의 빛깔이 누렇게 되고, 맛이 짙어진다. 덜 익으면 찻잎의 빛깔이 퍼

렇게 되어 가라앉기 쉽고 초목의 냄새가 난다.

④ **찻잎 식히기** 시루에서 쪄낸 찻잎[茶黃]은 물을 뿌려서 여러 번 씻어서 식힌다.

⑤ **물 짜기** 찻잎 덩이를 소형 압착기(壓搾器)에 얹어 놓고 물기를 짜낸다.

⑥ **즙 빼기** 물기를 짜낸 찻잎을 대껍질로 싸서 대형 압착기에 올려놓고, 건조될 때까지 차의 진액[茶汁]을 짜낸다. 차의 진액이 남으면 찻물의 빛깔이 흐리고 맛이 무겁게 되기 때문이다.

⑦ **찻잎 갈기** 질그릇의 가는 동이[研盆]에 차 한 개의 분량을 넣고, 물을 섞으면서 절굿공이[杵]로 갈아낸다.

⑧ **비비기** 연분(研盆)에서 갈아낸 차를 손가락으로 평평하게 누르고 비벼서 매끄럽게 한다.

⑨ **찍어내기** 은이나 대나무로 만든 본에 차를 넣고 박아내어 삿자리에 널어서 말린다.

⑩ **말리기** 차를 센불[武火]에 쬐고 물에 통과시키기를 세 번 되풀이 한다. 차를 하룻밤 동안 불에 쬐고 이튿날 여린 불[煙焙]에 통과시킨다. 두꺼운 차[厚茶]는 10~15일, 엷은 차[薄茶]는 6~8일 동안 말린다.

⑪ **차 말리기** 뜨거운 물 위를 통과시켜서 빛깔이 나면 밀폐된 방에 두고 급히 부채질을 한다. 그렇게 하면 빛깔과 광택이 자연히 빛난다..

말차 가루내기

① **차 굽기** 차를 차집게[茶鈐]에 끼워서 불에 쬐어 굽는다.

② **분쇄** 구운 차를 종이에 싸서 다듬잇돌[砧]에 얹어 놓고 망치/방망이
[椎]로 분쇄한다.

③ **차 맷돌질** 방망이로 분쇄한 찻조각을 차맷돌에 갈아서 가루로 만든
다. 차맷돌의 경우 중국에서는 중경의 청마석, 일본에서는 우지의 휘
록암(輝綠岩), 한국에서는 화강암(花崗岩)으로 만들었다. 대개 중국과
일본의 차맷돌은 원통형(圓筒型)이고, 한국의 차맷돌은 사과형이다.

맷돌질의 경우 능률을 높이려고 빨리 돌리면 마찰열 때문에 차가
변질된다. 대개 차를 갈아내는 실내의 온도는 섭씨 20도 안팎, 맷돌
의 회전수는 1분에 52~53회 정도이다.

고려의 문신 이인로(李仁老, 1152~1220)는 〈승원의 차맷돌[僧院茶磨]〉이
라는 시를 남겼다.

바람이 수레를 주관하지 않으니 개미 걸음처럼 더디고
달 도끼를 비로소 휘두르니 옥색 가루 나르네
불가(佛家)의 놀이에는 종래부터 진실성이 절로 있으니
갠 하늘에 우룃소리 울리고 눈이 펄펄 내리네
風輪不管蟻行遲 月斧初揮玉屑飛
法戲從來眞自在 晴天雷吼雪醉醉

이규보(李奎報, 1168~1241) 역시 〈차맷돌을 준 이에게 사례하다[謝人贈茶磨]〉라는 시를 남겼다.

돌을 쪼아 나무활의 수레를 빙빙 돌리니

한쪽 팔뚝이 번거롭구나

그대도 어찌 차를 마시지 않으리오만

초당 안에 보내주었구려

내 잠 즐기는데 치우침을 알고

붙여 살기를 보이려는 까닭뿐이라네

푸르고 향긋한 티끌 갈아내니

그대 생각 더욱 느끼겠노라

琢石作弧輪 廻旋煩一臂 子豈不茗飮 投向草堂裏

知我偏嗜眠 所以見寄耳 研出綠香塵 益感吾子意

④ **체질** 차맷돌에서 갈아낸 찻가루를 비단으로 만든 체에 곱게 친다. 이로써 가루내기 단계가 완성된다.

전통시대 중국의 점다법

차의 종류가 다르면 그 마시는 도구와 방법도 달라지게 마련이다. 같은 말차라도 시대와 지역에 따라 그 음다법이 달랐으며 당연히 이에 수반되는 차도구도 서로 달랐다. 하지만 전통시대에 말차를 마시던 점다법은 한중일 3국이 서로 영향을 주고받아 유사한 점도 적지 않았다. 한중일 3국의 전통시대 말차 점다법을 차례로 알아보되, 먼저 중국에서의 점다법부터 알아보기로 한다.

문헌상의 요나라 점다법

요(遼)나라는 중국 북방에서 거란족(契丹族)이 세운 정복 왕조이며, 창시자는 동호계(東胡系) 유목민인 거란족 야율아보기(耶律阿保機)이다. 거란족은 4세기 이후 지금의 내몽고자치구(內蒙古自治區) 시라무렌강(江) 유역에서 유목생활을 하다가 6~9세기경 수(隋)·당(唐)의 영향을 받아 서서히 발전하였는데, 9세기 말 당이 쇠약해진 틈을 타서 점차 발흥(勃興)하였다. 요나라는 야율아보기가 건국하여 916년부터 1125년까지 존속하면서 지금의 중국 북부·중부 지역을 지배한 매우 강대했던 나라다. 그럼에도 불구하고 거란은 북방계의 민속으로 중원(中原) 한족 국가에 비하여 그다지 중시되지 못하였으며, 이에 그에 관한 사료의 취급도 소홀히 되어 정사(正史) 이외에 참고할 만한 자료가 매우 적은 것이 오늘날의 현실이다.

물론 차문화에 관한 사료도 같은 사정에서 벗어나지 못하고 있는 실정이며 지금까지 발견된 차문화 사료는 거의 송나라의 문인들이 남긴 조각글이 전부이다.

송나라 사람 주욱(朱彧)의 《평주가담(萍洲可談)》에 "오늘날의 풍속을 보면 손님이 오면 곧 차를 마시고 떠날 때에는 탕(湯)을 대접한다. 탕이란 달고 향내 나는 약재의 가루를 취하는데, 혹은 차갑게 혹은 따뜻하게 내놓으나 감초를 넣지 않는 것이 없으며 이러한 풍속은 천하에 고루 미치고 있다. 선공이 요나라 사신으로 요나라 사람들과 만났을 때 그쪽의 풍속을 보면 먼저 탕을 만들고 나중에 차를 만드는 것이다. (중략) 중국의 풍속과는 정반대다."라 하여 요나라의 차 마시는 풍속이 당시 송나라와 다르다는 것을 적고 있다.

당시의 '점탕(點湯)'에 대해 미상(未詳)의 송나라 작가는 《남창기담(南窗記談)》에서 이렇게 적고 있다.

손님이 오면 곧 차(茶)를 마련하고 떠날 때는 탕을 대접하는데 이러한 풍습은 언제부터 시작되었는지는 모른다. 그리하여 위에는 관부(官府)부터 아래는 마을사람들까지 하지 않는 사람이 없다. 무신(武臣)인 양응성(楊應誠)이 혼잣말로 손님이 올 때 마련한 탕을 두고 마시는 약들이라 말하나 사실은 아니다. 고로 집에 손님이 오면 대부분 꿀에 담근 귤 또는 모과 등 과일류를 풀어 탕(湯)을 만들어 손님들에게 마시게 하며 혹은 이와 유사한 것을 내놓는다.

인종(仁宗) 원년(1123)에 간행된 책으로, 송나라 사신 서긍(徐兢)이 고려에 와서 보고 들은 것을 기록한 《선화봉사고려도경(宣和奉使高麗圖經)》의 〈차조(茶俎)〉에도 '탕(湯)'에 대한 기록이 다음과 같이 등장한다.

항상 하루에 세 번 차를 베푸는데 이어 나오는 것이 탕(湯)이며, 고려 사람들은 탕을 약(藥)이라고 했다. 매번 사신들이 이것을 다 마시는 것을 보면 반드시 기뻐했다. 간혹 다 마시지 못하면 업신여긴다 생각하기에 필히 언짢아하며 가버려, 항상 억지로라도 다 마시려고 했다.

이상으로 보아 요나라의 차문화는 당시 접경국인 고려의 차문화와 매우 유사했으며, 당시 차문화의 형식은 말차뿐만 아니라 탕재(湯材)도 존재하였다는 것을 알 수 있다. 다만 탕재의 원료로서 약재 또는 과일로 만든 것이 다르나, 차의 역사 속 '탕'의 존재는 매우 의미 있는 부분이다.

유물로 보는 요나라의 점다법

중화문화권을 정복한 거란족은 한족(漢族)의 발전된 문화에 흡수되면서 동화되어 갔다. 정복했던 거대 영토에 비해 인구가 적었기에 정치의 최중심부까지도 한족을 등용시켜주었으며 각 지방의 지배계급에도 상당부분 한족을 임용하여 큰 호응을 샀다.

이들이 북송의 영토를 점령했을 때 그곳에는 이미 북송의 발전된 문화가 있었기에 당시 요의 문화란 오늘날에서 볼 때 당(唐)·북송(北宋)문화권의 영향에서 벗어나지 못하였다고 볼 수 있다.

1993년 하북성 선화(宣化)에서 요대 말기(1085~1120)에 조성된 장(長)씨·한(韓)씨의 가족묘 고분군을 발굴하였는데, 이들 고분에서는 당시 차문화의 모습이 생생하게 그려진 많은 폭의 벽화가 발견되어 요(遼)나라의 차문화 모습을 살펴볼 수 있다. 벽화의 주인공들은 거란족 통치 하에 있던 한족으로, 이들의 무덤과 벽화는 요나라의 한족 귀족 출신에 대한 우대와 이들의 위상을 잘 말해주고 있다.

벽화에서는 그 시대의 복식은 물론이며, 육우가 《다경》에서 거론했던 다구(茶具)들이 실제로 존재하고 사용되었음을 볼 수 있다. 또한 당시의 점다법(點茶法)과 암다법(庵茶法)의 모습도 나타나 있다.

동자가 연고차를 다연에 갈고 있으며 두 여인은 목칠기 받침이 있는 백자 다완을 들고 있다. 목칠기의 다완 받침대는 오대부터 유행하는데 도자기로 만든 받침대도 있지만 사용에 있어서 도자기로 만든 다완보다 나무 받침대의 촉감이 좋아서 널리 선호되었다.

07 전통시대 중국의 점다법

아래 화로 위의 탕병에 물을 끓이며 한 사람은 목칠기 받침대 위의 다완에 차시로 찻가루를 넣고 있으며 한 사람은 탕수를 부어주려 기다리고 있다. 연고차를 이용한 점다법의 전형적인 모습이다.

물을 끓이기 위해 화로에 입김을 불고 있으며 뒤쪽 탁자 위에는 수주와 다완 그리고 차시와 찻솔이 놓여 있는데 점다법(點茶法)과 그에 따르는 다구의 형태를 볼 수 있다.

찻가루와 탕수를 넣어 흔들어 섞은 차호를 뜨거운 물이 담긴 사발에서 꺼내어 다완에 따르려 하고 있다. 이 광경은 바로 암다법의 모습을 표현한 것이다.

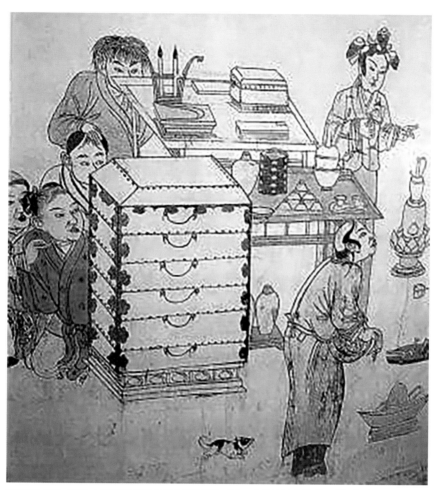

앞쪽에는 다연, 뒤로는 나무접시 위에 차선과 차빗자루 그리고 네 명의 동자 앞에는 장육기(떡차 보관함)가 있으며 옆 탁자 위에 포개져 있는 원형의 함은 가루 낸 차를 담아두는 함이다. 옆에 있는 주완(주호와 완)은 사발에 뜨거운 물을 담아 차호 안의 찻물이 식지 않도록 만들어진 것으로 이러한 기형은 오대(五代) 시기의 송대에 크게 유행하였다.

송나라의 점다법

송나라 점다법의 모태는 전 시대인 오대(五代, 907~960)의 영향을 받았다고 할 수 있다. 당시의 차문화를 기록하고 있는 소이(蘇廙)의 《십육탕품(十六湯品)》에서는 차 마시는 법을 아래와 같이 기술하고 있다.

거문고를 탈 때 소리의 강약을 조절하지 못하면 곧 거문고 가락은 망치게 되고, 먹을 갈 때 힘이 집중되지 않으면 곧 먹을 버리게 되고, (이와 같은 이치로) 탕을 따를 때도 절도가 없으면 곧 차는 실패하게 되는 것이다. 따라서 차탕을 따를 때 중정(中正)을 얻기 위해서는 팔에 그 책임이 있다고 할 수 있다.

찻가루를 푸는 도구 없이 오직 탕병의 주구(注口)를 통해 흘러나오는 물줄기의 강약(强弱)을 팔의 힘을 통해 조절하여 풀어 마시는 것을 후세에 들어와 '옥차법(沃茶法)'이라 부르고 있다. 그 근거가 《십육탕품》 제12탕 '법률탕(法律湯)'에 나온다.

오직 옥차의 경우에는 숯이 아니면 안 된다(惟沃茶之湯 非炭不可).

이 구절 중 '옥차(沃茶)'라는 단어를 취하여 명명한 것이다. '옥차법'이란 역대의 음다(飮茶) 변천사에 있어 당나라 육우의 《다경》에서 언급한 찻가루를 솥에 끓여 마시는 자다법(煮茶法)이나 송나라에 들어와 찻가루를 찻잔에 넣어 찻솔인 차선(茶筅)으로 풀어 마시는 점다법(點茶法)과 확연히 다른 음다법이자 또한 점다법의 전 단계 음다법이다. 비록 과도기의 형태로 짧은 기간에만 이용되었으나 독립된 말차법의 하나로 학문적 가치가 매우 크며 후일 송나라 점다법의 모태가 되는 음다법이기도 하다.

채양의 《다록》에 나타난 점다법

송나라 시기에 들어와 지금까지 발견된 최초의 차에 관한 문헌은 채양(蔡襄, 1012~1067)의 《다록(茶綠)》이다. 채양은 복건성(福建省) 흥화(興化) 선유현(仙遊縣)에서 태어났다. 송사가(宋四家) 곧 송나라 4대 서예가 중의 한 사람이기도 한 그는 뛰어난 서예가일 뿐만 아니라 차에도 능통하여 공차(貢茶)로 인종(仁宗)의 총애를 한 몸에 받고 군모(君謨)라는 자(字)를 하사받아 채군모(蔡君謨)라 부르기도 한다. 송나라 최초의 다서인 채양의 이 《다록》에는 찻가루를 찻잔에 넣어 차선(茶筅)으로 거품을 내어 풀어 마시는 음다법을 지칭하는 '점다(點茶)'라는 용어와 '격불(擊拂)'이라는 용어가 처음으로 나타난다. 다만 찻가루를 풀어내는 격불의 도구는 차선이 아닌 찻숟가락인 차시(茶匙)로 풀었던 것이 훗날의 방법과 다르다.

차(茶)가 적고 탕이 많으면 운각(雲脚)이 흩어지고 탕이 적고 차가 많으면 죽면(粥面)으로 모인다(건양인이 운각·죽면이라 이른다). 차 1전 7푼을 떠서 먼저 탕을 부어 극히 고르게 고루고 또 보태어 주입해 탕 위로 부딪쳐 젓는다. 잔에 네 번 나눠 부어야 그친다. 그 죽면의 색택이 선명하게 잔에 붙어 수흔(水痕)이 없는 것이 아주 좋고 건안의 투시(鬪試)에는 수흔이 먼저 나오면 진 걸로 하고 수흔이 오래 가는 것을 이긴 걸로 한다. 고로 승부를 겨루는 것을 한 물[一水], 두 물[兩水]이라고 한다.

건잔(建盞) 즉 천목다완은 주로 점다 실력을 겨루는 투차(鬪茶)에 사용되었으며 특히 구연부에 굴곡이 있는 속구형을 우리가 흔히 천목다완이라 부른다. 채양의 《다록》에서 제시된 차의 양과 물의 비율에 있어 물이 다완의 4부 정도라 하니 대략 65~70㎖이며, 차의 양이 1전 7부라 하니 대략 6.3g 정도(1錢이 약 3.75g)였음을 알 수 있다. 차의 양이 꽤 많은데 이것이 오늘날 일본다도의 농차(濃茶)가 되지 않았을까 생각한다.

특히 채양의 《다록》 부록에 실린 구양수의 '서문(序文)'인 〈용다록후서(龍茶錄後序)〉는 짧막한 서문임에도 불구하고 후학들이 채양의 《다록》과 분리하여 독립된 문장으로 평가하고 있다. 그는 〈용다록후서〉에서 당시 공차(貢茶)인 소단(小團)은 채양으로부터 만들어졌고 금박으로 용, 봉황, 화초 등의 문양을 오려 병차(餠茶) 위에 붙었으며, 소단(小團)의 다른 이름은 상품용차(上品龍茶)라 했다. 자신뿐만 아니라 서열 1위의 재상일지라도 하사받은 일이 드물며, 설사 받았다 할지라도 맛보지도 못한 채 보물처럼 간직하였으며, 다만 귀한 손님이 방문했을 때 꺼내어 돌려가면서 감상만 했을 정도로 그 수가 적어 당시 소단(小團)이란 덩이차가 얼마나 귀했는지를 시사하고 있다.

휘종의 《대관다론》에 나타난 점다법
송나라의 문헌 중 점다법에 대한 서술에서 가장 상세하게 설명하고 있는 자료가 바로 신종(神宗)인 조욱(趙頊)의 열한 번째 아들로 태어났으며, 휘(諱)를 길(佶)이라 하고, 1100년 북송(北宋) 제8대 황제로 등극한 휘종(徽宗, 재위 1101~1125)이 지은 《대관다론(大觀茶論)》이다. 모두 20편으로 저술된 《대관다론》의 대관(大觀)은 휘종의 세 번째 연호(1107~1110)이다. 책의 원제목은 《다론(茶論)》이었으나 명나라 초 도종의(陶宗儀)의 《설부(說郛)》에서 대관 연간에 지은 것이라 해서 《대관다론》으로 고친 후 오늘날까지 그렇게 부르고 있다.

차를 특히 좋아했던 휘종은 채경(蔡京, 1047~1126)의 《태청루시연기(太清樓侍宴記)》에 따르면 친히 신하들을 위해 수차례 점다(點茶)를 했다고 한다. 이에 후세 사람들이 그를 가리켜 '다제(茶帝)'라고 부르곤 한다. 특히 점다에 대한 방법을 사실적으로 서술하여 오늘날까지 영향을 미치고 있다.

그는 차의 거품을 내는 방법은 한 가지만 있는 것은 아니나 잘못 다루는 경우를 두 가지 예로 먼저 제시하였는데, 이를 '정면점(靜面點)'과 '일발점(一發點)'이라 말하고 이에 대해 원인을 자세히 분석하기도 했다. 그 부분에 대한 설명 중 첫 번째 점다(點茶)를 잘못 다룬 예로 제시한 정면점(靜面點)을 보면 아래와 같다.

끓인 물을 부어 격불을 할 때 손목에 힘이 잔뜩 들어갔으나 차선(茶筅)에는 오히려 힘이 받쳐지지 못해, 가벼운 차선 놀림으로 좁쌀, 게눈 같은 거품마저 피어나지 않는 경우, 이를 가리켜 '정면점(靜面點)'이라 한다. 이는 격불의 힘이 부족하기 때문에 차의 근본이 일어나지 못한 것이며, 물과 유화가 융합되지 않은 상태에서 재차 탕수를 부어 색택이 충분히 일어나지 못해 정화가 흩어져 차의 근본을 일으키지 못한 것이다.

그리고 또 한 가지 잘못 다룬 점다(點茶)의 예를 가리켜 일발점(一發點)이라 했으며 그 이유는 아래와 같다.

탕수를 단 한 번에 이어 부으면서 격불을 하는데, 손목과 차선에 모두 잔뜩 힘이 주어져, 유화가 드문드문 피어나는 것을 일발점(一發點)이라고 한다. 이는 탕수를 (나누어 부어야 함에도 불구하고) 한 번에 다 붓고, 차선을 잡는 손가락과 손목의 기술이 원숙하지 못함으로 인해 차탕 표면에 유화가 모이지 않은 상황에서 차의 근본이 소실되어, 비록 안개와 같은 엷은 거품이 일어나더라도 수각(水脚, 유화가 사라진 후 찻잔 벽면에 남은 물 자국)이 쉽게 생기게 되는 것이다.

이상은 모두 점다법(點茶法)에 있어 유화를 만드는 데 실패한 사례다. 이에 그는 곧이어 유화를 잘 만드는 방법과 목표를 아래와 같이 기술하고 있다.

(좋은 차탕을 만들고자 한다면) 먼저 적당한 양의 찻가루와 탕수를 비례대로 부어 끈적끈적한 아교와 같은 상태인 차고(茶膏)로 만든다. 이를 위해서 첫 번째 탕수는 찻잔 안쪽 벽의 둘레로 돌아가면서 따르도록 하고 찻가루에 직접 닿지 않도록 해야 한다. 사납지 않은 자세로 먼저 차고

(茶膏)를 풀어 점차 격불(擊拂)을 가하는데, 손의 힘은 빼고 차선(茶筅)은 묵직하게 잡으며 손가락은 에워싸듯 하여 손목을 돌려, 위부터 아래까지 차고가 골고루 투명하게 섞여 만들어진 거품은 마치 누룩이 발효된 것처럼 부풀어 오른 밀가루의 모양이 하늘의 영롱한 별과 밝은 달과도 같이 찬란하게 나타난다. 이러한 격불이어야만 곧 차면(茶面)의 근본을 완전히 일으킬 수 있는 것이다.

이어서 붓는 두 번째 탕수는 차면 위로 따르는데 돌려가면서 한 물줄기로 빠르고 짧게 따라야 이미 형성된 거품인 차면(茶面)이 움직이지 않으며, 격불을 힘 주어 하면 차의 색택이 점차 나타나 마치 작은 구슬과 같은 과립(顆粒) 모양의 유화가 쌓인다.

세 번째 탕수의 양은 두 번째와 같으며 다만 격불을 점차 가볍고 고르게 하는 것을 귀하게 여기며, 주위를 돌려가면서 하면 차탕의 표면과 속이 완벽하게 어우러지고 좁쌀 무늬나 게눈과 같은 거품들이 뒤섞여 일어나는데, 차색의 완성도에 있어 10으로 본다면 6~7부까지 얻어진 것이다.

네 번째 탕수의 양은 적어도 무방하나 차선의 끝을 굴리듯 천천히 넓게 잡고 급하게 하지 않아야 하며. 차의 참된 화려한 색채들이 환하게 나타나 마치 구름안개와 같은 유화가 점차 일어나게 된다.

이어서 붓는 다섯 번째 탕수의 양은 헤아려 따르도록 하고 차선은 가볍고 고르게 완벽하고 투명한 유화를 만들도록 하며, 만일 유화가 충분히 피지 않았다면 곧 계속 격불하여 일어나도록 한다. (만약) 유화가 완벽하게 피었다면 곧 차선을 거두어 격불을 끝마치도록 하는데, 유화의 모습이 마치 아지랑이 핀 것, 눈이 쌓이는 것과 같다면, 이는 차의 모든 근본이 완벽하게 나타난 것이다.

여섯 번째 탕수(단계)는 완성된 유화의 상태를 살피면서 취하는데, 만약 어느 한 곳의 유화 기포가 크다 싶으면 곧 차선을 그곳에 두어 부드럽게 천천히 둘러 마무리하면 된다.

마지막 일곱 번째 탕수(단계)는 유화의 농도 및 점도의 상태에 따라 구별하는데, 완벽하다고 판단되면 곧 점다를 거둔다. 이렇게 만들어진 유화가 무성한 안개처럼 밀려와 잔에 넘치듯이 일어나 잔 둘레에 엉겨 붙어 움직이지 않는 형상을 '교잔(咬盞)' 곧 '잔물림'이라고 하는데, 이러한 유화를 마땅히 골고루 나누어 마시도록 한다.

휘종의 서술에 따르면 당시 말차 곧 유화(乳花)를 만든다는 것은 오늘날의 우유 쉐이크(Milk Shake) 모양처럼 만드는 것이 목표다. 농도가 짙은 유화를 여러 단계로 나누어 조금씩 물을 부어가며 크게 형상화한 것이 당시 말차를 푸는 목표이자 지향점이었던 것이다. 이렇게 잘 만들어진 유화는 그 거품이 잔 둘레에 엉겨 붙어 움직이지 않는 것처럼 되어야 성공한 말차법이라 말하고 있다. 그리고 이러한 유화를 골고루 나눔잔에 나누어 마시는 것 곧 분차(分茶)하여 말차로 마시는 것이다.

휘종은 정치에 무능하여 북송(北宋)을 망하게 한 장본인이지만 예술적인 재능은 뛰어났다. 임금으로서 서화(書畵)를 즐겨 손수 산수화(山水畵)와 화조화(花鳥畵)를 그렸고 화원(畵院)을 설치하여 예술가들을 환대했다. 스스로 《전고도(傳古圖)》를 짓는 한편, 칙명으로 모진(毛晉)의 《선화서보(宣和書譜)》

와 《선화화보(宣和畵譜)》를 편찬케 하였다.

그의 그림 중 차와 관련된 것이 있는데 대표적인 것이 바로 〈십팔학사도권(十八學士圖卷)〉이다. 이 그림은 당시의 말차법에 대해 사실적으로 그렸으며, 오늘날 말차를 연구하는 데 귀중한 자료로 삼고 있다.

그림 중 세 동자(童子)가 차를 준비하는 것이 보이는데, 그중 한 명이 바로 《대관다론》에서 언급한 분차(分茶) 과정을 진행하는 장면이다. 이 분차(分茶)가 일본으로 전파되어 대다완(大茶碗)에 차를 타서 헌다(獻茶)하는 다법이 되고, 오늘날에도 정초(正初)에 일본에서 흔히 볼 수 있는 다례(茶禮)가 되었을 것으로 여겨진다.

한편 고려로 전파된 분차(分茶) 역시 오늘날 한국의 두리차회나 차 봉사 행사에서 대다완(大茶碗)에 가루차를 많이 넣고 격불(擊拂)하여 표주박으로 떠서 한 번에 많은 사람들이 말차를 나눠 마시는 나눔말차의 모습으로 이어졌다고 하겠다.

명나라의 점다법

중국 역사에서 차를 칭송하는 권력층 중 송 휘종(輝宗)과 비견될 만한 또 한 사람의 황족이 있는데, 그가 바로 명나라 개국 황제인 태조(太祖) 주원장(朱元璋)의 17번째 아들이며, 호를 구선(臞仙), 함허자(涵虛子) 또는 단구선생(丹丘先生)이라 부른 주권(朱權, 1378~1448)이다. 《명사(明史)》 권1의 기록을 보자.

선덕(宣德) 3년(1428)경 주권이 조정의 정책에 대해 여러 불평을 내놓자 황제가 진노하여 그를 크게 나무랐다. 그는 상서(上書)하여 사죄를 했다. 이후 연로한 주권은 문인, 학사들과 어울려 그의 뜻을 폈는데 자신의 호를 구선(臞仙)이라 불러 야인생활을 즐겼다.

왕권에서 밀려 도가(道家) 생활을 영위했던 주권은 차(茶)에 대해 견문이 있어 《다보(茶譜)》를 저술하였는데, 《다보》는 약 2,000여 자에 불과함에도 명·청의 수많은 다서 중 학술적인 면에서 괄목할만한 지위를 얻었다. 그 이유를 살펴보자.

중국 차문화의 역사에 대해 《명태조실록(明太祖實錄)》 제212권에서는 '신미(辛未)년에 고하기를 용단(龍團) 만드는 것을 폐지하고, 찻잎 원형대로 가공하는 것을 제창한다.'고 기록하고 있다. 또 홍무(洪武) 24년(1391)에 '단차 폐지칙령(團茶廢止勅令)'을 내려 덩어리차인 단병차(團餅茶)가 중국 차 역사에서 사라졌다는 것이 통설로 되어 있다. 그런데 1430년부터 1448년 사이에 저술된 것으로 보이는 주권의 《다보》에는 여전히 말차를 마시는 것으로 나타나 있다.

곡우 전에 일창일기의 잎을 따서 가루를 내는데, 고(膏)의 공정으로 만든 병차(餅茶)와 같이 하지 않으며, 이는 (단병차가) 잡다한 향료를 섞어 자연적 본성을 잃어 차의 진미를 빼앗기 때문이다.

이에 따르면 당시의 말차 원료는 단차가 아닌 잎차이고, 이를 가루내어 풀어 마시는 것으로 기술하고 있다. 그 마시는 방법에 대해서는 이렇게 서술한다.

(차 내는 법은) 한 동자에게 명하여 다로(茶爐) 앞에 향안(香案)을 놓게 하고, 또 다른 한 동자는 다구(茶具)를 꺼내어 바가지에 샘물을 담아 차병을 끓이게 한다. 이어 잎차를 갈아 가루를 만들고 곱게 연마하여 체에 치어, 물이 끓기를 기다려 해안(蟹眼)이 되면 손님의 수를 헤아려 찻가루를 큰 주발에 넣는다. 차 내놓기가 적당할 때면 차선(茶筅)으로 격불하여 가루가 뜨지 않게 하고, 운두(雲頭)와 우각(雨脚) 같은 유화가 만들어지면 나눔 다기(茶器)에 담아 대나무 시렁에 올려놓아, 동자는 주인 앞에 나아가 차를 바친다.

이 내용으로 보면 명나라에서는 포다법(泡茶法) 시대가 열렸음에도 불구하고 말차법이 여전히 유지되고 있었음을 알 수 있다. 그러나 말차의 원료는 단차가 아닌 잎차였다. 또 이를 가루내어 풀어 마시는 것과 그 마시는 방법은 송(宋)나라 휘종의 《대관다론(大觀茶論)》에서 기술한 분차법(分茶法)을 그대로 따르고 있다는 것도 알 수 있다. 이로써 명(明) 태조 주원장의 '단차폐지칙령'은 단차를 가루내어 풀어 마시는 점다법만 금지할 뿐, 잎차를 가루 내어 풀어 마시는 말차는 이에 해당되지 않았다는 것을 알 수 있다.

전통시대 일본의 점다법

중국에서의 끽다 취미는 원래 문인들의 취미로서 발달한 것으로, 차를 마사면서 시를 짓거나 그것을 서로 음미하거나 한 것이다. 이런 중국의 끽다법이 일본에도 전해졌다.

일본에서는 차를 어떻게 받아들이고 어떤 방식으로 마셨을까. 말차 점다법을 중심으로 전통시대 일본의 음다법 변천 과정을 알아보기로 한다.

전통시대 일본의 음다법

일본의 시대별 차문화 형태에 대해서는 오카무라[岡倉覺三]가 《차의 책》에서 언급한 바 있고, 근래 하야시마[林屋辰三郎] 역시 〈차 보급의 3단계〉에서 다음과 같이 밝히고 있다.

차의 도래(渡來)·보급(普及)의 역사는 당(唐)·송(宋)·명말(明末) 삼대(三代)의 각 단계에 새로운 보급 상황을 생각할 수 있다. (중략) 이와 같은 중국으로부터의 도래의 3단계에 상응하는 국내적인 보급의 역사가 헤이안시대[平安時代], 가마쿠라·무로마치시대[鎌倉·室町時代], 에도시대[江戶時代]라고 하는 세 시기에 당대의 단차법(團茶法), 송대의 말차법(末茶法), 명말의 전다법(煎茶法, 잎차)이라고 하는 상위(相位)가 일반적으로 인정되고 있다.

《능운집(凌雲集)》이라는 헤이안시대의 시집에는 당시에 열린 다회의 정경이나 끽다를 찬미한 시가 실려 있는데, 이 헤이안시대 초기까지는 중국의 문화를 모방하던 시대였기 때문에 귀족이나 승려, 문인들 사이에서 중국풍의 끽다 취미가 유행하고 있었음을 알 수 있다. 그러다 간페이[寬平] 6년(894) 견당사(遣唐使)가 폐지되자 한문자(漢文字)가 점차로 그 기세가 약해지고 이를 대신하여 만요[萬葉] 이후 돌아보지 않던 일본의 국문자가 부흥되기 시작했다. 그리고 한문자에 부수(付隨)되어 있던 끽다(喫茶) 취미도 일시 끊기게 되었다.

헤이안시대 말기가 되어 헤이케[平家]가 등장하면서 당시 송(宋)이라고 칭하던 대륙과의 국교가 280년 만에 부활하였다. 이렇게 해서 중국과의 교통이 재개되자 승려들 중에 송나라로 들어가는 사람이 늘어나게 되었으며 차문화도 다시 싹트게 되었다.

헤이안시대의 자다법

헤이안시대 이전의 덴뽀우[太平]시대의 차에 대한 기록에 대해서는 일본인조차도 신빙성이 희박하다고 본다. 일본문화의 건설시대였던 헤이안시대(794~1192)에도 차의 시원(始原)이나 차 마시기에 관한 기록들이 있지만 어느 것이 확실한 것인지 불분명하여 유추해석의 테두리를 벗어나지 못한다. 일본인들이 스스로 차 마시기와 차나무 가꾸기에 대하여 확실하다고 내세우는 것은 육국사(六國史)의 《일본후기(日本後期)》의 기록이다.

《일본후기》에서 에이추 선사가 사가천황에게 차를 올렸다는 기록

사가천황[嵯峨天皇] 홍인(弘仁) 6년(815) 4월 22일 계해(癸亥)조 : 고노에국[近江國] 지가[滋賀]의 가라사키[韓崎]에 거둥하시어 문득 수후쿠지[崇福寺]를 지났다. 대승도(大僧道)인 에이추[永忠, 743~816]·고묘우[護明]

법사(法師) 등이 스님의 무리를 거느리고 문밖에서 맞이하여 받들었다. 황제는 수레에서 내려 법당으로 올라 부처님께 절하였다. 다시 본샤쿠지[梵釋寺]를 지나갔다. 수레를 멈추고 시를 읊었다. 황태자(훗날의 순화왕)와 신하 중에서 받들어 화답하는 사람이 많았다. 대도승인 에이추[永忠]가 손수 차(茶)를 달여서 임금을 받들었다.

에이추[永忠]는 나라[奈良]시대 말엽에 당(唐)나라로 들어가서 헤이안조[平安朝] 초기에 견당사(遣唐使)를 따라서 귀국했기에 필경 당에서 차를 만드는 법이나 끽다법(喫茶法) 등을 배워왔을 것이라는 견해도 있는 듯하다.

그가 사가천황[嵯峨天皇]에게 바친 차는 사카모토에서 채집한 차의 잎을 스스로 정제해서 그것을 끓였던 것이다. 그리고 이때의 차는 기존의 단차(團茶)가 아니라 현재도 행해지고 있는 것처럼 차의 잎에 끓는 물을 부어서 마시는 전차(煎茶)와 그다지 다르지 않았을 것으로 추정된다.

에이추[永忠]에 의해 차의 맛을 알게 된 사가천황은 키나이[畿內, 왕성 부근의 땅] 및 오미[近江] 등지에 다원을 만들도록 장려했기 때문에 차의 생산이 증가하고 끽다 취미가 귀족계급 사회에 널리 퍼졌다.

그 무렵의 차를 마시는 방법은 단차와 아주 흡사한데, 우선 차의 잎을 말려서 절구에다 빻아 가루로 만들고 그 가루를 개어 둥글게 뭉쳐서 다시 말려 단차의 형태로 저장하였다가 필요에 따라서 그것을 풀어 끓인 다음에 칡즙으로 만든 감미료나 생강 등의 향미가 있는 것을 가미해서 마셨다.

이밖에도 차를 마셨다는 기록들은 아래의 문헌 자료들에 있지만, 어떤 차를 어떻게 만들었다는 기록은 없다.

헤이안시대의 음다 기록들

먼저 《일본끽다사료(日本喫茶史料)》의 기록이다.

인수 4년(845)에는 전교대사(傳敎大師)의 문하였던 지가구대사[慈覺大師]
엔닌[圓仁, 794~864]이 덴다이대사[天臺大師, 538~597, 수나라 천태종의 제3
조]를 제사지내는 글 중에 "삼가 떡, 과일, 차(茶), 약, 소식(蔬食), 육미붙
이가 없는 거친 음식의 찬을 바치나이다"라고 하였다.

다음은 《부상약기(扶桑略記)》의 기록이다.

창진 원년(898) 10월, 우타노오코오[宇多上皇]가 야마토[大和]에 납시어
겐고지[現光寺]를 찾았을 때 별당(別堂, 上首)인 세이슈대사[聖珠大師]가
햇과일을 바치고 향기로운 차를 달여서 사신(使臣)에게 향식(饗食)의 예
를 갖추었다.

다음은 《진속교담기(眞俗交談記)》의 기록이다.

연희 2년(902), 다이고천황[醍醐天皇]이 닌나지[仁和寺]에 거둥하여 법황
(法皇, 宇多天皇)을 뵈었을 때 법황이 차 두 잔을 권하였다.

다음은 《원형석서(元亨釋書)》의 기록이다.

연희 9년(909)에 입적한 리겐대사[理源大師, 832~909, 眞言宗 小野流의 시조]는 도다이지[東大寺]에서 수업 중, 찻잔을 곁에 두고 혼수(昏睡)에 대비하였다.

다음은 《고보우대사연보[弘法大師年譜]》의 기록이다.

연희 10년(910)에는 고보우대사[弘法大師]의 영전에 햇차를 바쳤는데 그 뒤 해마다의 항례(恒例)로 되었다.

다음은 《신의식(新儀式)》의 기록이다.

연희 16년(916)에 우타노부히로[宇多法皇]의 보령(寶齡) 50세 축하 잔치를 베풀었을 때 차로써 술을 대신하게 하였다.

다음은 《쿠야상인 회사전각소도회(空也上人繪詞傳各所圖會)》의 기록이다.

천력(天歷) 5년(951)에 헤이죠우교우[平城京, 지금의 나라시(奈良市)에서 고오리야마정(郡山町)까지의 지역]에 나쁜 돌림병이 유행되어 죽는 사람의 수효를 알 수 없었다. 쿠야상인(空也上人, 903~972, 용염불踊念佛의 시조)이 이를 가엾게 여겨 관음상을 만들어 바친 차를 환자에게 주어 돌림병을 모면해서 나은 사람이 많았다.

다시 《부상약기(扶桑略記)》의 기록이다.

천력(天歷) 8년(954)에 천태종(天台宗)의 스님으로서 젠기(神喜)라고 하는 사람은 매우 효성스러운 사람이었던 모양이어서 어머님이 돌아가신 뒤에 그 나무 형상을 만들어 차와 과자 등을 바친 뒤에 자신이 먹었다.

다음은 《고케시다이(江家次第)》의 기록이다.

천희(天喜) 4년(1056)에 3일간 아침과 저녁에 임금 쪽의 신하들이 앉아서 차를 달여 베풀었다. 그 자리에 모였던 많은 스님들은 단 칡을 달인 물, 또 후박(厚朴), 생강 등을 첨가해서 마셨다.

헤이안시대 자다법의 특징

헤이안시대의 자다법과 관련된 두 가지 특징만 정리해보자.

첫째, 스기와라[菅原淸公, 770~842]의《능운집(凌雲集)》에 실린 사가왕[嵯峨王]의 차시(茶詩)에는 '찧기[搗]'와 '차 연기[茶煙]'가 등장하는데, 이는 당나라 육우의《다경》에 나오는 떡차[餠茶] 만들기의 관점에서 해석할 수 있는 것이다.

또 미나모토노 시타고[源順, 911~983]가 지은《왜명유취초(倭名類聚抄, 931~938)》에는 '차 갈개[茶硏]'라는 낱말이 등장한다. 차맷돌[茶碾子]을 속칭 차 갈개[茶硏]라고도 한다.

둘째, 소금으로 찻물의 간을 맞추는 육우《다경》의 다법(茶法)이 헤이안시대의 일본에 있었다. 요시미네[良岑安世]와 다른 두 명이 천장 4년(827)에 지어서 바쳤다는《경국집(經國集)》의〈이즈모 거태수의 차노래에 화운하다[和出雲巨大守茶歌]〉에 "오나라 소금으로 맛을 조절하니 맛이 더욱 좋다[吳鹽和味更美]"는 구절이 보인다.

이 헤이안시대에는 견당사(遣唐使)의 폐지 등에 따른 중국 문화와의 단절, 사회 불안, 생산과 유통체제의 미비, 불교의 부재(不在) 등 복잡한 원인들로 인해 시민사회와 상층사회에서도 차 마시는 풍습이 점차 침체되어 갔으며, 차문화 전반이 당나라 육우(陸羽)의 다법(茶法) 그대로였음을 알 수 있다.

가마쿠라시대의 점다법

가마쿠라시대는 건구(建久) 3년(1192) 무가정치(武家政治)의 창시자인 미나모토노 요리토모(源賴朝, 1147~1199)가 가마쿠라에 막부를 설치한 때로부터 원홍(元弘) 3년(1333)까지의 약 150년 동안을 일컫는다.

헤이안시대의 후기로부터 가마쿠라시대에 걸쳐서 송나라에 유학하고 돌아오면서 차 마시기 풍습이나 차 씨를 가지고 왔다는 승려들이 있다. 그 중 에이사이(榮西) 선사가 차 씨를 가져왔다는 것은 통설처럼 되어 있다. 또 그가 송(宋)대 말차법을 들여왔으며, 이것이 오늘날까지 일본다도에 전승되고 있는 것도 명백한 사실이다.

실제로 가마쿠라시대의 점다법은 송나라의 점다법과 같다고 볼 수 있다. 이와 관련된 몇 가지 단편적인 기록들을 당시의 계층별로 나누어 살펴보자.

① 지배계층

《하나조노인기[花園院宸記]》의 원형(元亨) 4년(1324) 11월 삭일조(朔日條)에는 "근자에 히노 스케토모[日野資朝, 1290~1332, 朝臣]와 히노 도시모토[日野俊基, ?~1332, 朝臣] 등이 결집 회합해서 멋대로 노닐고 차 마시는 모임을 베풀었다."고 적혀 있다.

그때의 차 마시는 모임에서 차 겨루기[鬪茶]를 하였으리라고 추정하는 것은 같은 시대의 기록인 《고우겐인신기(光嚴院宸記)》의 정경(正慶) 원년(1332) 6월 5일조에도 서로 대립되는 지묘우인[持明院] 측의 사람들과 물건내기가 걸려있는 차 겨루기를 하였다는 기록이 있기 때문이다. 그리고 이러한 차 겨루기에서 차를 마셔보고 본차(本茶, 拇尾茶)와 비차(非茶, 다른 지방의 차)를 가려낸 결과를 적던 '채점표'도 두 가지나 전승되고 있다.

전설에 따르면 건인(建人) 2년(1202) 에이사이[榮西] 선사가 가마쿠라 정부의 제2대 장군인 미나모토노 요리이에[源賴家, 1182~1204]의 분부에 따라 교토[京都]에 겐진지[建人寺]를 세우려고 갔을 때, 차 씨 다섯 알을 감 모양의 단지인 '이야노가키헤다 찻단지[漢柿蔕茶壺, 高山寺 소장]'에 넣어서 도가노오[拇尾]에 있는 고우잔지[高山寺]의 묘우에상인[明惠上人]에게 주었다고 한다.

묘우에상인은 그 차 씨를 산에 심어서 도가노오차[拇尾茶]라는 명성을 얻었고, 이후 다른 고장의 차는 비차(非茶)라고 부르게 되었다.

차 모임[茶會, 카이쇼]과 차 겨루기에 대해서는 고지마법사[小島法師]가 지었다는 《태평기(太平記)》에 다음과 같이 적혀 있다.

서울에는 좌도판관(佐渡判官)인 사사키[佐佐木道譽, 1296~1373]를 비롯하여 서울에 있는 다이묘[大名]들이 무리를 지어 차 모임을 비롯해서 나날의 모임 등이 활기차다.

내 숙소(宿所)에 일곱 군데를 꾸미고, 일곱 가지의 차를 갖추어, 칠백 가지의 내기를 거는 물건을 쌓고, 일흔 모금의 본비차(本非茶)를 마시다.

② 승려

《본조고승전(本朝高僧傳)》에 따르면 문영 4년(1267) 하카타(博多) 수후쿠지[崇福寺]의 다이오국사[大應國師]가 송(宋)나라에서 태자(台子) 하나를 가지고 돌아오는 한편 차 잔치[茶宴]와 차 겨루기[鬪茶]의 풍습도 전하였다고 한다.

또 율종(律宗)의 에이손[睿宗] 승려는 역인(曆仁) 2년(1239) 정월, 보살류(菩薩流)의 연초수행(年初修行)을 하고 그 결원일(結願日)에 진수신(鎭守神)인 하치만궁[八幡宮]에게 올린 차의 여분을 승려들에게 마시게 하였는데, 이것이 오늘날까지도 전승되는 세이다이지[西大寺]의 큰 차 담기[大茶盛]의 시초라고 한다. 큰 차 담기는 지름 30㎝를 넘는 큰 찻잔에 차를 담아서 공불(供佛)한 다음 참가자에게 마시도록 베푸는 것이다.

한편 선종(禪宗)의 승려들은 참선(參禪)할 때 졸음을 쫓기 위한 방편으로 차를 마셨다. 모소우국사[夢窓國師]의 《몽중문답(夢中問答)》(1325)에는 이런 기록이 있다.

중국 사람이 차를 즐기는 것은 음식을 삭이고 흐트러뜨리는 양생(養生) 때문이요, 우리나라에서는 기운[蒙]을 흐트러뜨리고 잠기운[睡氣]을 깨게 하는 수업(修業)의 밑천이다.

또 한 가지 주목할 것은 조동종(曹洞宗)의 시조인 도겐[道元, 1200~1253] 승려가 송(宋)나라의 종이(宗頤)가 지은 《선원청규(禪苑淸規)》를 본뜬 《영평청규(永平淸規)》를 지어서 수도생활 중의 끽다(喫茶), 점다(點茶), 대좌차탕(大座茶湯) 등의 다례(茶禮)를 제정하였다는 점이다.

③ 서민

무주선사[無住禪師, 1226~1312 , 臨濟宗]의 《사세키집(沙石集)》(1283)에는 다음과 같은 대화가 적혀 있다.

중이 차를 마시고 있는 곳에 소를 끄는 이가 지나가다가 물었다.
"그것이 무엇입니까?"
중이 대답하였다.
"세 가지의 덕이 있지요. 첫째는 졸음을 깨게 하고, 둘째는 소화를 돕고, 셋째는 일어나지 않게[不發] 되지요."
이 말을 들은 소치기가 생각하기를, '낮에 일하고 나서 자는 것만이 즐거움인데 잠을 잘 수 없다면 곤란하다. 먹는 것도 적은데 소화가 잘된다면 견딜 수가 없다. 더구나 마누라 곁에 갈 수 없게 된다니 딱 질색이다'라 하였다.

서민이 차를 마셨다는 기록은 흔하지 않을 뿐더러 문맹자가 많아 단편적인 기록들로는 속단에 빠질 염려도 있다 하겠다.

난보쿠조시대의 투차

일본에서 차의 효능과 역사를 말한 《끽다양생기(喫茶養生記)》를 에이사이[榮西]가 쓴 것은 쇼겐(承元) 5년(1211)의 일로, 13세기에 들어와 드디어 차를 마시는 풍습이 일본에 정착하게 되었음을 알 수 있다.

일본에서도 처음에 차는 약용이었다. 그것이 기호음료로 바뀐 것은 가마쿠라[鎌倉]시대 후기의 일이다. 일본의 난보쿠조[南北朝] 시대에는 투차(鬪茶)라 하여 차의 맛을 구분하는 차 모임이 서민 사이에도 퍼졌다.

송(宋)나라 시기 대륙의 경우 말차는 마시기 위한 것이 아닐 정도로 투차(鬪茶)라고 하는 일종의 유기(遊技)가 되기까지 하였다. 이와 마찬가지로 일본에서도 가마쿠라시대 초기부터 사원의 승려, 선종(禪宗)에 귀의하고 있던 무사들에 의해 음용되던 말차는 가마쿠라 후기에 중국의 투차(鬪茶) 양식을 취하여 무사(武士)들의 사교의 장이 되었다. 또 이것은 차의 보급에 박차를 가하였으며 투차(鬪茶)의 유기(遊技)는 순식간에 유행하였다. 그리고 그 전성기는 난보쿠조[南北朝]에서 무로마치[室町] 중기를 지나도록 이어졌다.

① 투차의 장소

투차(鬪茶)를 행하는 장소를 회소(會所)라 하여 2층 건물로 되어 있어서 1층을 객단(客段), 2층을 끽다정(喫茶亭)이라 칭했다.

끽다정은 창문을 열어 젖힐 경우 사방의 전망이 환히 보이는, 널빤지를 깐 밝은 방이다. 도코노마[床の間]는 없고 정면에 병풍을 세워 세 폭짜리 당회(唐繪)를 걸어 놓는다. 당회(唐繪)는 석가여래상을 중앙에 그리고 양 쪽에

관음(觀音)이나 세지보살(勢至菩薩)의 그림을 그린 불화(佛畵)를 배치하며, 족자 잎에는 탁자를 놓고 탁자 위에 삼구족(三具足)이라 칭하는 꽃병, 향로, 촛대를 장식한다. 삼구족(三具足)은 모두 당물(唐物)이라 칭하는 중국에서 온 도구이다. 실내의 세 구석에는 책상을 놓고 과자류나 간단한 식사, 과일, 내기에 쓰이는 경품 따위를 올려놓는다.

② 투차의 방법

끽다정(喫茶亭)의 주인을 정주(亭主)라고 한다. 후세에 다회의 주인 역을 정주(亭主)라 칭하는 것은 여기에서 비롯된 것이다.

손님은 우선 아래층의 객전(客殿)에서 식사의 향응을 받고 식후에 뜰로 나와서 정원을 산책한다. 그 때문에 정원의 양식도 전망식(展望式)의 것에서 교토[京都] 긴카쿠지[銀閣寺]의 정원 같은 회유식(回遊式)으로 변화하였다.

정주(亭主)는 손님이 정원을 산보하고 있는 동안에 투차(鬪茶)의 준비를 하여 손님을 끽다정(喫茶亭)으로 맞이한다.

손님은 표범 가죽을 깐 걸상에 걸터앉고 정주(亭主)는 하좌(下座)에 설치된 대나무로 만든 의자에 걸터앉는다. 이윽고 급사역의 사람이 다완(茶碗)을 내와서 우선 정면의 불화(佛畵) 앞에 놓는다. 이 급사 역은 정주(亭主)의 아들이 하는 경우가 많다.

이어 손님들 앞에 말차를 담은 다완이 나누어 놓이고, 급사가 열탕을 담은 병과 차선(茶筅)을 가지고 나와 손님들이 내미는 다완에 끓는 물을 붓고 차선(茶筅)으로 저어 섞는다.

손님 일동이 첫 번째의 말차를 다 마시면 새로운 다완이 나누어지고 차를 다시 권하게 된다. 이와 같이 하여 몇 종류인가의 차를 마시고 그 본비(本非)를 알아맞히는 것이다.

본비(本非)란 토가노[拇尾]에서 생산되는 본차(本茶)와 그 밖의 산지에서 생산된 비차(非茶)를 말한다. 그리고 그 알아맞힌 득점에 따라서 경품이 수여되는데, 이를 위해 몇 번이나 차를 마시지 않으면 안 되기 때문에 투차를 일컬어 십복차(十服茶), 오십복차(五十服茶), 백복차(百服茶) 등으로도 칭한다.

무로마치시대의 점다법

무로마치시대에 이르러서는 현대의 일본다도가 본격적으로 싹트기 시작하였다.

① 음다 풍습의 확산

난보쿠조[南北朝]시대 후기부터 무로마치[室町]시대 초기에 성립된 것으로 전하는 《정훈왕래(庭訓往來)》에는 건잔[建盞, 복건성 덕화현의 건요(建窯)에서 구워낸 토끼털 무늬의 검은 차 주발], 찻솔[茶筅], 차통[茶桶], 차행주[茶巾], 차구기[茶杓], 차맷돌[茶磨], 차단지[樽茶] 등의 다구가 보이므로 당시에는 주로 말차법(抹茶法)이 성행되었음을 알 수 있다.

겡에법사[玄惠法師]가 지은 《끽다왕래(喫茶往來)》에 따르더라도 당시의 차는 봄에 딴 찻잎을 쪄서 만들어 찻솔[茶筅]로 저어 마시는 말차였다.

난보쿠조[南北朝]시대로부터 무로마치[室町]시대에 걸쳐 차 마시는 풍습이 무가(武家)나 사원(寺院)뿐만 아니라 서민층에도 확산되었다.

② 다도의 성립

대륙의 송(宋)·원(元)대 문화에 압도되어 대륙의 물건을 매우 좋아하면서도 좀 더 마음 편히 즐길 수 있는 차(茶)를 추구하는 문인(文人)들이 등장하게 된다. 차를 추구하는 문인들은 대륙 물건을 대신하여 일본의 물건 또는 고려의 물건에 주목했다. 대륙 물건과 같은 섬세한 아름다움에는 못 미치지만 거칠고 투박한 모습에서 대륙 것에서는 찾아볼 수 없는 따뜻함이 있는 일본의 도자기나 고려의 도자기와 은둔문화로 연결되는 암자(庵子)의 풍치, 그리고 선(禪)에 통하는 고담무심(枯淡無心)의 경지에 매력을 느꼈다. 그러한 중세 문화의 요소를 모아서 차를 대접하는 새로운 문화가 창조되었다. 그것이 바로 와비차[佗び茶, 다도에서 예법보다는 화경청적(和敬淸寂)의 경지를 중시하는 일]의 탄생이었다.

먼저 히가시야마류[東山流] 다도의 성립과 발전에 대해 알아보자.

무로마치 6대 장군인 아시카가 요시아키[足利義昭]의 시대에 성립되기 시작한 다도이다. 이 시대에 노우아미[能阿弥, 1397~1471]가 다구(茶具)의 감별법, 점다법(點茶法), 차를 달여 내는 대자(臺子)의 장식법을 만들었다. 그리고 8대 장군인 아시카가 요시아키의 히가시야마[東山] 시대에 게이아미[藝阿弥, 1431~1485]와 소우아미[相阿彌, ?~1525]가 동산어물(東山御物)의 정리를 비롯한 서원(書院)의 장식법과 점다법(點茶法)을 만들어 마침내 히기시야마류[東山流]의 다도가 형성되기에 이르렀다.

노우아미[能阿弥]가 만들어낸 것은 삼종극진대자식(三種極眞台子飾)의 점다법(點茶法)이었다. 대자식(台子飾)에서 대의 바닥 널빤지[地板]에는 가마가 얹혀진 풍로와 물항아리를 조화롭게 놓는다. 그 사이에 표자

히가시야마류 다도의 성립을 이끈 아시카가 요시아키의 상

와 부젓가락을 넣은 물표자 세우개[柄杓立]를 놓는다. 또 그 사이에 뚜껑받침을 넣은 개수통[建水]을 놓는다. 그리고 윗널판지[天板]에는 차행주, 찻솔, 차주걱을 넣은 차주발과 차통을 얹는다.

점다법(點茶法)은 선종(禪宗)의 청규(淸規)를 무가(武家) 형식으로 만든 오가사와라류[小笠原流]의 법식을 끌어들여 새로운 방법을 개발하였다. 그중에서도 다구를 나를 때의 걸음걸이는 한 숨에 한 발[一息半步]씩 걷는 가면극[能]의 걸음걸이를 끌어들였다.

또 다구끼리 조화를 이루도록 꾸미는 칫수인 곡척할(曲尺割, 가와네리)을 제정하였다. 또한 다인(茶人)의 복장을 종전의 중국식[中衣]으로부터 일본식으로 바꾸어 나갔다.

다음은 나라류[奈良流]의 다도에 대해 알아보자.
나라류(奈良流) 다도의 개조(開祖)인 무라타 슈코[村田珠光, 1433~1502]는 노우아미[能阿弥]의 추천으로 아시카가 요시마사[足利義政]의 다도사범이 되

나라류 다도의 개조 무라타 슈코

었다. 무라타는 대자(台子)에 의한 진행초(眞行草)의 다법(茶法)을 제정하는 한편 사방 한 길[方丈]의 다실도 제정하였다.

무라타의 다도는 그가 "볏짚으로 지붕을 이은 집에 이름난 말을 매어두는 것이 좋다[藁屋に名馬をつなぎたるがよし]"고 말한 것처럼 초암(草庵)의 와비차[侘び茶]를 이상(理想)으로 하는 것이었다.

무가(武家) 출신인 노우아미[能阿弥]의 다도가 엄격한 형식주의였다면 승려 출신인 무라타 슈코의 다도는 인간의 마음을 존중하는 정신주의였다고 할 것이다.

그는 엄격한 계급사회에서도 인간은 평등하다는 관념을 다법(茶法)의 개념으로 어느 정도 실현시켰다. 예컨대 그는 귀인용(貴人用)과 하인용(下人用)으로 구분되어 있던 기존 다실의 출입문, 뒷간, 손씻개 등을 하인용으로 일원화하였다. 다실의 출입문인 귀인구(貴人口)를 린구(躙口)로, 뒷간인 장식 설은[飾り雪隠]은 하복설은(下復雪隠)으로, 손 씻개인 높은 손 씻개를 낮은 준거(蹲踞)로 바꾸었던 것이다.

다음은 사카이류[さかい流]의 다도에 대해 알아보자.

무라타 슈코의 수제자인 다케노 조오[武野紹鷗, 1502~1555]는 일본다도 중흥(中興)의 명인(名人)으로 일컬어지는 인물로, 무라타가 꿈꾸던 와비차의 초암식 다도를 완성시켰다는 평가를 받고 있다. 그는 다도의 와비(侘)가 후지와라 데이카[藤原定家, 1162~1241]가 남긴 다음과 같은 노래의 마음과 통한다고 하였다.

일본다도 중흥의 명인 다케노 조오의 상

건너다보면 봄의 벚꽃도 가을의 단풍도 보이지 않고
그저 바닷가의 뜸집만이 보이는 가을의 저녁 무렵
見ウタセバ 花モ 紅葉モ ナカリケリ
浦ノトマヤノ 秋ノタダレ

그는 호사스러운 찻일[茶事]이 대중에게 알맞지 않다면서 선원(禪院)의 다례, 《예기(禮記)》, 《역경(易經)》 등을 참조하여 음양곡척할(陰陽曲尺割)의 비결을 창안하였다고 한다. 또 대자(台子)를 개량한 자루선반[袋棚], 흙으로 구운 풍로, 대추 모양의 차통, 물방구리나 개수통에 쓰이는 나무를 굽힌 것, 대나무로 만든 뚜껑받침 등 와비(侘)의 정신에 걸맞는 다구들을 창제한 것으로 전한다.

고려의 말차와 차문화

　고려의 점다법(點茶法)에 관한 정확한 문헌적 기록은 없으나 고려의 점다법 역시 대체로 중국 송(宋)나라의 그것과 크게 다르지 않았을 것으로 여겨진다. 그런 가운데에도 고려만의 독자적인 모습이 있었는데, 문인들의 차시(茶詩) 등에서 이런 독자성을 확인할 수 있다.

◀ 고려의 독특한 차문하였던 중형주대의 재연 모습
　(사진제공 **조기정**)

점다 방법

　점다(點茶)란 찻가루가 탕수(湯水)에 잘 풀어져 차거품[茶乳]이 일어나도록 하는 방법을 말한다. 여기에는 크게 두 가지 방식이 있다.

　첫째는 물을 먼저 끓인 후 찻가루를 떨어뜨려 휘저어 마시는 방법이다. 물을 끓여 점다(點茶)하는 그릇은 작은 솥이나 귓대가 달린 냄비, 어귀가 넓은 철병 등이었을 것으로 짐작된다. 끓는 물에 차를 넣고 휘젓는 도구로는 현재 국립박물관에 소장되어 있는 고리 찻숟갈의 고리 부분을 쓴 것 같다. 육우는 《다경》에서 솥 안의 탕수에 넣은 차가 잘 풀어지도록 대나무 젓가락으로 휘젓는다고 했다. 송나라 심안노인(審安老人)은 그가 지은 《다구도찬(茶具圖贊)》에서 찻솔을 축부수(竺副帥)라고 하며 이렇게 의인화하여 설명한다.

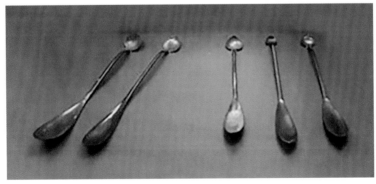

고려시대의 고리 달린 찻숟가락

솥의 물이 한창 끓을 때(전쟁 중에) 감히 들어가서 휘젓는(간언을 하는) 맑은 절개가 있는 몸(장수)이다.

首陽餓夫, 毅諫於兵沸之時, 方金鼎揚湯, 能探其沸者機稀! 子之淸節, 獨以身試, 非臨難不顧者疇見爾.

이 축부수가 오늘날의 찻솔과 같은 역할을 하였다고 본다.

둘째, 찻가루에 탕수를 부어 점다(點茶)하는 방법이다. 점다(點茶)할 그릇에 찻가루 함에서 찻숟가락으로 찻가루를 떠 넣고, 이어 끓인 물을 붓고 휘저어 거품을 내어 마시는 방법이다. 점다(點茶)에 앞서서 찻사발을 불에 쬐어서 그 안에 있는 찻가루와 끓인 물의 융합을 돕게 하는 방법도 있었다.

이규보(李奎報, 1168~1241)는 시(詩)에서 '손수 점다(點茶)를 하였다'고 한다.

꽃무늬 자기에 손수 점다하니 색과 맛을 자랑하누나[手點花瓷誇色味]

탕수를 부어 점다(點茶)하는 그릇은 도자기 찻사발이 쓰였으나 빈객(賓客)이 많으면 큰 찻사발에 점다(點茶)하여 작은 찻잔에 나누어 따라 마셨던 것으로 짐작된다.

고려의 점다와 다례 관련 기록들

고려시대에는 국가의 많은 의식(儀式) 행사에 차를 올렸으며 민간에서도 가례(家禮)나 통례(通禮)에 차를 올렸다. 국가에서 행하는 의식(儀式) 행사의 대상은 신불(神佛)이거나 선왕(先王)이거나 외국에서 온 사신이거나 임금이거나 오악삼신(五岳三神)일 때도 있다. 의식 때마다 그 대상이 바뀌게 되는데 그 대상에 따라 진다의식(進茶儀式)도 그 절차가 각기 달랐다.

민간의 가례(家禮) 즉, 관례(冠禮), 혼례(婚禮), 상례(喪禮), 제례(祭禮), 그리고 세상에 널리 행하는 통례(通禮) 때에도 주부의 점다의식(點茶儀式)이 거행되었다. 이하에서 고려시대의 주요 점다 및 다례 관련 기록들을 살펴보기로 하자.

①《고려도경》의 기록

1123년 송나라의 사신 서긍(徐兢)이 송도(개성)에 다녀간 후 고려의 풍물을《선화봉사고려도경(宣和奉使高麗圖經)》에 남겼다. 그 중 제32권 〈기명(器皿) 3〉의 '찻상[茶俎]조'에 조정(朝廷)에서 사신들과 차를 마시는 의례와, 사신이 머물렀던 관사(館舍, 順天館)에서 차 마시는 풍습을 간략하게 기록하였다. 여기에서 당시의 차를 끓여내는 예법과 차생활을 짐작할 수 있다.

대개 연회(宴會)가 있으면 조정(朝廷) 안에서 차를 끓이는데 연꽃 모양의 은뚜껑으로 덮어서 천천히 걸어와 차를 올리며, 후찬자(진행하는 사람)가 "차를 다 돌렸습니다."라고 말하기를 기다린 뒤에야 마시니,

아닌게 아니라 냉차(冷茶)를 마시게 된다.

관사 안에는 홍색의 낮은 찻상[茶俎]을 두어 다구를 진열하고 붉은 비단 보자기로 덮었다. 항상 하루에 세 번 차를 베푸는데 계속해서 탕(湯)을 주었다. 고려인들은 탕을 약(藥)이라고 했다. 사신이 매번 다 마시는 것을 보면 반드시 기뻐했다. 간혹 다 마시지 못하면 업수이 여긴다고 생각하고 반드시 언짢아하며 가버렸다. 그래서 항상 억지로라도 다 마시려고 했다.

이는 서긍이 그 시기에 경험했을 접빈례(接賓禮)의 한 사례이다.

② 공덕재

고려 6대 성종 때 최승로(崔承老, 927~989)가 올린 상소문에 "왕께서 공덕재(功德齋)를 올리기 위하여 손수 차를 갈거나 보리를 빻는다 하옵는데 성체(聖體)에 지나친 무리가 되니 신이 안타깝습니다"라고 하였다. 이로써 성종이 부처님께 올릴 말차를 만들기 위해 직접 단차(團茶)를 맷돌에 갈았음을 알 수 있다.

③ 이거인의 차생활

고려 말 조선 초의 학자인 권근(權近)의 《양촌집(陽村集)》에 난파(蘭坡) 이거인(李居仁)에 대한 기록이 있는데, 여기에서 고려시대 선비의 차생활 면모를 일부 확인할 수 있다.

공(公)은 어려서 세속과 다른 것을 좋아하였다. 살림의 유무를 묻지 않았다. 간직한 것은 서화, 비파, 바둑이며 심어 놓은 것은 매화[梅], 난초[蘭], 소나무[松], 대나무[竹]였다. 혹 기르는 것은 사슴과 학이었다. 한 가지라도 다 갖추어지지 않으면 불만스러워 반드시 구하여 갖추었다. 그런 뒤에야 마음이 쾌활해졌다. 손님이 오면 반드시 물 뿌리고 소제하고 향을 피웠으며, 술을 차리고 차를 끓여내고 노래를 주고받았다. 술이 취하면 여자 종에게 현악기를 타게 해서 즐긴 뒤에 그만 두었다. 그러나 어지러움에 이르지 않았다.

④ 명전(茗戰)

명전을 투차(鬪茶)라고도 하는데, 차의 맛을 비교하여 평하고 겨루는 모임이며 주로 승려들 간에 유희 삼아 행해졌다. 고려 말엽의 문신인 이연종(李衍宗)이 박충좌(朴忠佐)로부터 차를 받고 고마움을 나타낸 글에 의하면, "소년시절 영남사(嶺南寺)에서 신선놀이인 '명전(茗戰)'을 구경하였는데 사미승들이 한식(寒食) 전에 대숲에서 딴 고급차를 가루 낸 것을 찻사발에 넣어 설유(雪乳)를 휘날리듯이 쉬지 않고 점다(點茶)하는 것을 보았다"고 하였다.

⑤ 팔관회

팔관회(八關會)는 천령(天靈), 오악명산(五嶽名山), 대천용신(大川龍神)을 섬기는 중요한 국가행사였다. 팔관회는 음력 11월 15일에는 왕경(王京, 개성)에서, 10월에는 서경(西京, 평양)에서 행해졌는데, 나라와 왕실의 태평을 비는 이 행사에서는 왕과 신하가 차를 마시는 절차가 매우 중요하였다.

팔관회의 소회일(小會日) 의식에서는 차가 중심인 다례가 행해졌으며, 대회일(大會日)에도 다식(茶食)과 차를 왕에게 올리고 태자와 신하들도 함께 먹고 마시는 등의 절차가 행해졌다.

⑥ 중형주대의(重刑奏對儀)

《고려사(高麗史)》에는 왕이 참형을 내리기 전에 신하들과 차를 마시는 다례(茶禮) 의식을 행함으로써 보다 공정하고 신중한 판결을 내리고자 했다는 기록이 보인다.

> 다방 참상원(參上員)이 협호(夾戶, 차를 끓여내는 등의 일을 하도록 만든 집채)에서 차를 들고 나온다. 내시 칠품원이 뚜껑을 벗기고 집례(執禮)가 전각(殿閣)에 올라가 기둥 밖에서 절한 후 차를 권하고 놓은 뒤 내려온다. 다음에 원방(院房)의 8품 이하가 재추[宰樞, 의정부의 대신과 중추부(中樞府)의 장수와 재상]에게 차(茶)를 올리며, 집례가 다시 전각에 올라가 엎드려 차를 내어갈 것을 청한 다음 단필주대원(丹筆奏對員)이 들어와 아뢰기를, "단필(丹筆)로 참형을 결정하시되 유인도(有人島)에 들어갈 자를 제외하소서."라고 아뢴다.

이 기록에 따르면 차를 끓여내는 곳이 따로 가까이 있어 뚜껑을 덮어 들고 갔으며, 왕에게 차를 올리고 신하들에게도 차를 내어 같이 마신 후 신중한 판결을 내리고자 하였음을 알 수 있다. 이러한 의례는 법을 다루는 사헌부에서 다시(茶時)에 다례(茶禮)를 행하는 것과 같은 맥락이다.

⑦ 원회의와 연회

원회의(元會儀)는 정월 초하룻날 대궐에서 조회를 할 때의 의식(儀式)을 말한다. 태자와 신하들이 손을 씻고 나면 다방(茶房)에서 왕께 먼저 차를 올린 뒤에 뇌주(酹酒)를 한다. 뇌주란 술을 땅에 부어 강신(降神)을 비는 절차다. 이어 태자가 임금에게 장수(長壽)를 축원하는 술을 올린다.

왕과 신하가 대관전(大觀殿)에서 잔치할 때, 왕에게 차를 올리고 태자 이하 신하들은 줄을 지어 전각에 올라가 왕이 하사한 차를 마셨다. 신하들은 다식(茶食)도 먹으며 식사 후에는 왕과 신하가 다탕(茶湯)도 마셨다.

⑧ 사신 맞이 다례

왕의 조칙(詔勅)을 가져온 사신에게는 진다(進茶) 의례를 갖추었고, 조칙을 가져오지 않은 사신에게는 차를 내고[設茶] 간단한 인사를 한 후 객관으로 안내하였다.

⑨ 왕실의 다례

태후(太后)나 태자의 책봉, 왕자나 왕희(王姬)의 책봉과 원자(元子) 탄생 하례, 태자의 생일 축하 의례 때에는 진다(進茶)를 하였으며, 공주가 시집갈 때도 차를 베풀었다. 다음은 〈공주하가의(公主下嫁儀)〉에 보이는 기록이다.

빈주(賓主)가 서로 읍하고 자리에 앉고 나면 차와 술을 베푼다. 술이 이르면 빈주가 함께 일어나 헌수(獻酬)하기를 마치고 음식을 베푼다.

이로써 차를 먼저 마시고 술과 음식을 먹었음을 알 수 있다.

⑩ 관례(冠禮)

남자의 나이 15~20세가 되면 관(冠)을 씌우고 성인으로서의 처신을 당부하는 것이 관례이다. 관(冠)을 쓸 사람이 조상의 위패를 모신 사당에 고하며 절할 때 다례(茶禮)가 있었다.

주부가 병을 잡고 각 정부위(正柎位) 앞의 빈 잔에 차를 따르고, 장부(長婦)와 장녀(長女)로 하여금 여러 부위가 낮은 사람에게 따르게 한다. 혹은 자제로 하여금 찻잔 받침을 받들게 하거나 주부가 잔을 받들어 차례로 바치는 것도 좋다.

⑪ 혼례

고려시대에는 혼례(婚禮) 절차에서도 차와 관련된 의식들이 행해졌다. 우선 혼인을 청하는 납채(納采) 때에는 신부측 주인이 나와서 신랑측 사자(使者)를 맞아서 차를 대접하는 봉차(奉茶) 의식이 베풀어졌다. 신랑 집에서 신부 집에 푸른 비단과 붉은 비단을 보내는 납폐(納幣) 때에도 신랑 집의 주인이 신부 집에서 온 답장을 사당에 고할 때 관례(冠禮)에서와 마찬가지로 주부의 점다의식(點茶儀式)이 거행되었다. 신랑이 신부를 맞아오는 친영(親迎) 때에도 시집온 지 3일째 되는 날 주인은 며느리를 사당으로 데리고 가서 참배하면서 주부의 점다의식을 거행하였다.

⑫ 상례(喪禮)

상례 때에도 당연히 다례가 행해졌다. 먼저 아침에 영좌(靈座)에 올리는 조전(朝奠), 식사 때에 올리는 상식(上食), 저녁에 올리는 석전(夕奠)에는 모두 점다의식(點茶儀式)이 거행되었다. 망자가 죽은 지 석 달째 되는 초정일(初丁日)이나 해일(亥日)에 지내는 졸곡(卒哭)에서도 주부의 점다(點茶)가 있었다. 죽은 지 두 돌 되는 제사가 대상(大祥)으로, 이때도 사당에서 주부의 점다(點茶)가 행해졌다. 제사가 끝나면 영좌(靈座)와 지팡이를 상주가 무덤 곁에 묻는데, 이때에도 주부의 점다(點茶)가 있었다.

⑬ 제례(祭禮)

제례용 그릇에는 찻사발[茶甌], 차병(茶瓶), 화로(火爐), 탕병(湯餠), 탁반(托盤) 등이 있었다. 그리고 제수용 물품에 차가 있었다.

⑭ 통례(通禮)

널리 세상에 행하는 예를 통례(通禮)라고 한다. 정월 초하루, 동지, 삭일, 망일, 속절(俗節), 추증(追贈), 생자(生子)에 의한 사당 참배에는 반드시 주부의 점다의식(點茶儀式)이 있었다.

이상에서 보면 고려시대에 점다(點茶)할 때는 차를 직접 맷돌에 갈기도 하였으며, 부처님께 차를 올리고, 명전(茗戰)으로 풍류도 즐겼으며, 유화(乳花)가 날리는 멋도 즐겼음을 알 수 있다. 또 차를 마시는 것도 마시는 것이지만 차를 마시는 행위 이전에 손을 씻는다든지, 소제를 한다든지, 향을

말차 찻자리(도정요 안창호 作)

피운다든지, 술 마시기 전에 차를 먼저 마신다든지, 왕에게 차를 먼저 올리고 왕은 차를 하사하기도 하며 같이 차를 마신다든지 하고, 중요한 의례에는 그에 합당한 차 마시는 예법들이 있었다. 민가(民家)에서도 집 안팎의 모든 행사에서 치러진 점다의식(點茶儀式)은 고려 사람들에게 큰 의미가 있는 행동양식이었음을 알 수 있다.

조선시대 문헌에 나타난 고려 이래의 가례와 점다

길인수(吉寅秀)와 박성준(朴成俊)은 공저한 책《신라 고려 조선 다완의 신비와 미(新羅 高麗 朝鮮 茶碗の秘と美)》에서, 조선시대 가례(家禮)의 점다법이 지금의 일본 말차 끓이는 방법과 거의 동일하다고 지적하였다.

조선(朝鮮) 숙종(肅宗) 때의 실학자 이익(李瀷)은 그의 저서《성호사설(星湖塞說)》제5권의 '인사복식문(人事服食門)'에 말차에 대하여 이렇게 기록하고 있다.

> 차를 시작하기 전에 물을 끓이고 가례(家禮)의 점다(點茶)에서는 바로 찻가루를 다완[碗] 안에 넣는다. 그 다음에 뜨거운 물을 붓고 차선으로 휘저어 섞는다.
>
> 茶始煎湯, 家禮用點茶, 則以茶末投之盃中, 添以湯水, 攪以茶筅也.

이는 지금의 일본 말차를 끓이는 방법과 거의 동일하다.

고려시대의 가례(家禮)에는 항상 점다의례(點茶儀禮)가 있었다. 주부가 점다(點茶)할 때에 장녀(長女)나 장부(長婦)가 보조하였다. 고려로부터 전래된 가례(家禮)에는 조선 중기 왜란 등 전란(戰亂)으로 차의 생산이 거의 불가능하게 될 때까지 말차(末茶)를 점다(點茶)하였으나 침략당한 조선의 시대적인 상황에서는 거의 사라졌지만 점다법(點茶法)은 동일하였다고 본다.

말차 찻자리
(밝달가마 여상명 作)

전통시대의 말차 다구

말차를 마시는 데 필요한 다구(茶具)에는 여러 가지가 있는데, 전통시대의 말차 다구를 가장 상세하게 설명한 책으로 송(宋)나라 함순(咸淳) 5년(1269)에 심안노인(審安老人)이 지었다는 《다구도찬(茶具圖贊)》이 있다. 여기서 저자는 점다(點茶)에 필요한 다구 12가지를 사람으로 의인화하여 각각 이름[姓名]에 자(字)와 호(號)까지 붙여 관직에 등용시키고, 이를 그림으로 그려 설명하고 있다. 여기서는 우선 말차 점다(點茶)에 꼭 필요한 12종의 다구에 대해 간단히 알아보고, 이 다구들 중에서도 특히 중요성이 큰 다완(茶碗), 차선(茶筅), 차맷돌(茶磨)에 대하여는 좀더 자세히 알아보기로 하겠다.

◀ 송 휘종(徽宗)의 〈십팔학사도권(十八學士圖圈)〉 부분

《다구도찬》의 다구 12종

다구(茶具) 12종을 사람으로 의인화하여 성명(姓名)을 부여하고 자(字)와 호(號)를 지어 관직을 내리는 재미있는 은유법을 사용하고 있다. 그 비유한 내역을 보면 다음과 같다.

위홍려

① **위홍려(韋鴻臚)** 대나무로 짠, 차를 말리는 배롱이다. 이름은 문정(文鼎), 자(字)는 경양(景暘), 호(號)는 사창한수(四窓閒叟)이다.

목대제

② **목대제(木待制)** 덩이차를 맷돌에 갈기 위해 잘게 부수는 나무 다듬이와 망치이다. 이름은 이제(利濟), 자(字)는 망기(忘機), 호(號)는 격죽거인(隔竹居人)이다.

금법조

③ **금법조(金法曹)** 금속제의 차맷돌이다. 이름은 연고(研古)와 역고(轢古), 자(字)는 무개(無鍇)와 중감(仲鑑), 호(號)는 옹지구민(雍之舊民)과 화금선생(和琴先生)이다.

④ **석전운(石轉運)** 돌로 된 차맷돌[茶磨]이다. 이름은 착치(鑿齒), 자(字)는 천행(遄行), 호(號)는 향옥은거(香屋隱居)이다.

석전운

⑤ **호원외(胡員外)** 호롱박으로 만든 물바가지이다. 이름은 유일(惟一), 자(字)는 종허(宗許), 호(號)는 저월선옹(貯月仙翁)이다.

호원외

⑥ **라추밀(羅樞密)** 찻가루를 쳐서 내리는 비단 체이다. 이름은 약약(若藥), 자(字)는 전사(傳師), 호(號)는 사은료장(思隱寮長)이다.

라추밀

⑦ **종종사(宗從事)** 종려나무 털로 맨 빗자루이자 가루털개이다. 이름은 자불(子弗), 자(字)는 불유(不遺), 호(號)는 소운계우(掃雲溪友)이다.

종종사

칠조비각

⑧ **칠조비각(漆雕秘閣)** 칠하고 새긴 나무로 된 잔탁(盞托)이다. 이름은 승지(承之), 자(字)는 이지(易持), 호(號)는 고대노인(古臺老人)이다.

도보문

⑨ **도보문(陶文寶)** 도자기로 만든 토끼털 문양 흑유 잔이다. 이름은 거월(去越), 자(字)는 자후(自厚), 호(號)는 토원상객(兎園上客)이다.

탕제점

⑩ **탕제점(湯提點)** 탕병이다. 이름은 발신(發新), 자(字)는 일명(一鳴), 호(號)는 온곡유로(溫谷遺老)이다.

축부수

⑪ **축부수(竺副帥)** 대나무로 만든 찻솔이다. 이름은 선조(善調), 자(字)는 희점(希點), 호(號)는 설도공자(雪濤公子)이다.

⑫ **사직방**(司職方) 흰색의 차 행주이다. 이름은 성식 (成式), 자(字)는 여소(如素), 호(號)는 결재거사(潔齋居 士)이다.

사직방

옛그림 속의 석전운(맷돌)

옛그림 속의 도보문(다완)

옛그림 속의 탕제점(탕병)

전통시대의 다완

찻사발 즉, 다완(茶碗, Teabowl)은 찻물을 담는 주발이나 사발 모양의 그 릇을 말한다. 碗(완)은 본래 盌(완)의 속자(俗子)이며, 따라서 茶盌(다완)이라 고 쓰기도 한다. 椀(완) 역시 같은 글자로 여겨져 흔히 茶椀(다완)으로도 표 기한다.

중국의 다완

① **건잔과 점다법** 천목다완(天目茶碗)이라 불리는 검은 다완은 중국 천 목산(天目山)의 승려들이 불전에 올리던 그릇에서 그 명칭이 유래되었 는데, 오늘날에는 흔히 흑유(黑釉, 검은색을 내는 유약) 다완이라는 폭넓 은 의미로 사용되고 있다. 복건성 건양 수길진(水吉鎭) 부근에 있던 건 요(建窯)에서 생산되던 건잔(建盞)이 천목다완의 원조라고 할 수 있고, 북송의 휘종 황제는《대관다론》에서 "청흑색이 귀하고, 토기털과 같 은 줄이 있는 것이 상급이다"라고 칭송하였다. 건잔은 송 황실에 공 납되던 다완일 뿐만 아니라 고려와 일본에도 다수 수출되어 큰 인기 를 얻었다.

심안노인의《다구도찬》에서는 다완을 도보문(陶文寶)에 은유하였다. 이름은 거월(去越)이며 자는 자후(自厚)이고 호는 토원상객(兎園上客)으 로, 도자기로 만든 토끼털 문양 흑유잔(黑釉盞)을 설명하고 있다.

강가에 나서 그 품격이 뛰어나며 씨줄 날줄과 같은 문양이 있고 강유(剛

柔)의 이치를 겸하니 봉(緺) 속에서도 그 빛이 더하는데 그는 겸허하게 만물을 대하고 외모도 치장하지 않으니 비각(秘閣)보다 높은 자리에 앉더라도 한 점 부끄러움이 없다.

이 토호잔(兎毫盞)은 휘종(徽宗)과 문인들이 가장 많이 예찬했던 다완으로, 건잔(建盞) 특유의 철분함량이 많아서 쉽게 식지 않는 뛰어난 내열성을 지녔다고 한다. 또 송나라 때의 단차는 찻잎을 씻고 고(膏)를 짜내는 과정에서 엽록소가 파괴되어 흰색을 냈는데, 이 흰 탕색이 토호잔의 검은 색과 대비를 이루어 뛰어난 색채 미학을 보여주었다.

토호잔

② **길주요와 분차** 길주요(吉州窯)는 중국 장시성[江西省] 지안[吉安] 일대에 있던 가마로 당나라 말부터 성장하기 시작하여 북송과 남송 시대에 번영하다가 원나라 말기에 쇠퇴하였다. 이 길주요에서 나오던 흑유(黑釉) 잔(盞)은 주로 흑유와 황색류의 빛을 띠며 독특한 형태의 문양

들이 찻그릇에 표현되어 있다. 식물에서의 나뭇잎이나 꽃잎 같은 문양, 봉(鳳)이나 란(鸞)과 같은 상상의 새, 더 나아가 길상(吉祥)을 나타내는 문자에 이르기까지 다양하다.

수흔(水痕)으로 승부를 겨루던 투차(鬪茶)에 사용된 것이 건잔의 흑유잔이었다면, 길주요의 천목다완은 분차(分茶)에 많이 사용되었다. 분차란 요즘의 라떼 아트처럼 차탕 위에 그림을 그리는 것을 말하며, 투차에 비해 더 높은 경지의 기량을 요구하였다. 북송대 도곡(陶穀, 903~971)의 《청이록(清異錄)》에 분차를 묘사한 차백희(茶百戲) 이야기가 나온다.

근세 이래로 일부 사람들은 차탕으로 금수, 곤충, 물고기, 화초 등의 무늬를 만들 수 있다. 마치 그림처럼 섬세한데 순식간에 사라진다. 사람들은 이를 차백희라고 부른다.

일본 무로마치시대의 다완

① **중국 천목다완과 고려다완** 초기의 다회(茶會)에서는 천목다완(天目茶碗)이 사용되었다. 일본의 다도구류(茶道具類)는 처음 중국에서 건너왔다. 아직 찻물을 끓이는 다도(茶道) 예법이나 양식이 제정되지 않았던 시기에는 다완(茶碗), 하나이레[花入, 꽃꽂이 그릇], 가케모노[掛物, 벽걸이 족자]뿐이었지만 요시마사[義政]의 시대(15세기)에 무라다 슈코[村田珠光]에 의해 예법이 제정되자 여러 가지 도구가 필요하게 되었다.

그때까지는 중국에서 건너온 기물을 이용하고 있었던 것인데, 16세기

말엽에 다케노 조오[武野紹鷗]가 와비차(侘び茶)를 성립시키자 중국산 도구에서 일본산 도구로 바뀌게 되었다.

다완(茶碗)은 그때까지 중국 송나라의 청자(靑磁), 백자(白磁), 천목다완(天目茶碗) 등이 사용되었으며 무로마치[室町] 말엽 중국의 천목(天目)을 모방한 천목이 아니라 일본식의 천목다완이 만들어지게 되었다.

그러다 16세기의 말엽부터는 고려다완(高麗茶碗)이 사용되기 시작한다. 고려다완 중에서도 이도[井戶]다완은 다회에 사용되는 여러 가지 다완 중 최고의 자리를 점했던 것으로 전해지고 있다. 이도다완은 대체로 고려 말기부터 조선 초기에 남선(南鮮)지방에서 구워낸 것이 좋다고 되어 있으며, 속이 다소 깊은 나팔꽃 형이며 유약은 비파색(枇杷色)을 띠고 있다.

② **일본식 천목(天目) 모방작** 중국으로부터의 한정된 찻그릇 수입과 천목(天目)의 수요에 부응하기 위해 제작된 일종의 모방으로 일본식의 천목이 만들어졌으며, 일본 특유의 미감(美感)을 살린 작품을 소장하고 싶었던 소망이 포함되어 있다. 모방작이지만 시대적인 선호에 따라 중요문화재로 지정되거나 천하의 명기(名器) 칭호를 받은 작품도 등장하게 되었다.

특히 건잔을 모방한 방건잔(放建盞)형 다완은 가마쿠라[鎌倉]시대 말기부터 대량생산을 시도하다가 무로마치[室町]시대에 최전성기를 맞아 철유(鐵釉)를 기본으로 한 다양한 유약에서 비롯된 독특한 유색의 천목이 나오게 된다.

코세토천목[古瀬戸天目]은 은테를 두른 구연부 아래로 흑색과 다갈색 유(釉)가 교차하여 흐르는 모습이 마치 회피천목(灰被天目, 건요의 천목 가운데 하나)을 보는 듯하다.

백천목(白天目)은 측면이 풍만한 완형으로 구연부에 금테와 백색의 유약이 청초하게 빛난다. 노부나가[織田信長]가 개최한 차회에 사용한 이력을 갖고 있고, 와비차의 본질을 단적으로 나타내는 명완(名碗)이라 하여 중요문화재가 된 작품이다. 무로마치(室町)시대부터 전해온 백천목은 특히 에도[江戸]시대에 들어 유행했는데, 이는 에도시대에 보다 본격화된 연두빛 말차의 선호와도 관련이 있다고 한다.

고려의 다완

먼저 우리나라의 찻그릇 관련 용어 몇 가지를 살펴보자.

오늘날 말차를 풀어 마시는 찻그릇을 다완(茶碗)이라고 하는데, 다완(茶碗)이라는 용어는 고려시대의 기록에서는 찾아볼 수 없다. 정영선의 《한국차문화》에 따르면, 고려시대의 차와 관련된 시와 문장 300여 편에 나타나는 찻사발 관련 명칭으로는 '구(甌), 완(椀), 완(琬), 화옹(花甕)' 등이 있었다고 한다.

'구(甌)'는 '사발, 중발, 주발'의 뜻이며, '완(椀)'은 '주발, 음식을 담는 작은 그릇'의 의미다. 1214년 일본의 에이사이[榮西] 선사가 쓴 《끽다양생기》에서는 "구(甌)란 찻잔의 아름다운 이름이다. 입이 넓고 바닥은 좁다"고 하였다. '화옹(花甕)'은 그 형태가 구(甌)와 같으나 옹기와 같은 검은 빛의 도자기에 꽃모양 무늬가 있는 것으로, 말차 거품을 담는 찻그릇은 빛깔이 탁할수록 유화(乳花)가 희게 돋보이므로 화옹(花甕)으로 표현하였다고 볼 수 있다.

고려시대의 다완(김명익 藏)

이연종(李衍宗)은 〈차를 준 박치암에게 감사함(謝朴恥庵惠茶)〉이라는 시에서 소년시절에 본 승려들의 명전(茗戰) 모습을 회상하며 이렇게 말한다.

사미승의 능숙한 솜씨는 삼매경이고 '찻사발[甌]'의 눈 같은 다유(茶乳)를 쉬지 않고 날리듯이 점다(點茶)하였네. (중략) 늙고 병들어 자용(紫茸, 잎차)을 선물 받고 손수 끓여 '잔[椀]'에 가득 피어나는 짙은 차를 마시니 너무나 상쾌하여 골수를 바꾼 듯하네.

한 문장에서 구(甌)와 완(椀)을 구별하여 사용했는데, 여기 나오는 '구(甌)'에는 찻가루를 넣고 끓인 물을 부어 휘저어 점다(點茶)하였고, 잎차는 완(椀)에 마셨음을 알 수 있다.

원천석(元天錫)은 〈이의차 사백이 준 차에 감사하며[謝弟李宜差師伯惠茶]〉

라는 시에서 이렇게 기록했다.

식후의 한 잔[甌] 차 그 맛이 더욱 좋고
취한 뒤의 석 잔[椀]은 최상의 맛이라오
食罷一甌偏有味 醉餘三椀最堪誇

이로 보더라도 구(甌)에 말차를 풀어 마시고 완(椀)에는 잎차나 오늘날의
대용차(代用茶) 같은 다탕(茶湯)을 마셨던 것 같다.

고려 다기의 우수성

고려시대에는 팔관회, 연등회, 사신 맞이, 책봉 의식 등 중대한 국가행사
에 의례(儀禮)로 차(茶)를 올리거나 마셨으므로 그에 따르는 제반 다구는 어
떤 그릇보다 중요하였다. 따라서 고려시대의 다구는 최고의 품질과 멋을
지녔고 귀족적이며 몹시 아름다웠다. 중국[宋]의 모방도 없지 않았으나 다
구의 생김새와 만드는 기법이 매우 독창적이었다. 특히 찻그릇인 고려청
자는 예술성과 독창성에 있어 독보적인 물건이다.

서긍(徐兢)의 《선화봉사고려도경(宣和奉使高麗圖經)》에 금가루로 그린 금
화오잔(金花烏盞)과 작은 청자 사발을 의미하는 비색소구(翡色小甌) 이야기
가 나온다. 아쉽게도 이 문헌에 나오는 금화오잔의 실체는 없지만, 그 우수
성을 찬탄한 기록들은 많이 볼 수 있다.

고려는 다완(茶碗)의 예술성뿐만 아니라 다구의 공예(工藝)와 차 문예(文
藝)도 함께 발전한 시대였다. 고려청자의 비색(秘色)은 세계적으로 유명한

데, 이는 차예술[茶藝]의 발전에 기인하는 것이었다.

고려청자 비색의 비밀은 오늘날에도 재현하기 어려운 기술인데, 도자기에 금칠을 한 도자공예는 한층 더 빛이 나며, 그것을 찻그릇으로 사용한 고려의 차문화는 당대 최고의 수준이었다고 할 수밖에 없다.

아유가이(鮎具房之進)는 《차의 이야기(茶の話)》에서 고려의 다완(茶碗)을 이렇게 극찬하였다.

우리들은 옛 무덤에서 발굴된 고려 도자기의 거의 모든 면을 실제로 보고 있습니다만, 고려청자가 세계에 자랑할 우수품이라는 것은 다시 말할 나위도 없거니와, 이 금화오잔(金花烏盞)을 보고서 이 시대에 금가루를 구워 꽃무늬를 나타낸다는 기술의 진보발달에 경이(驚異)로운 눈을 뜨게 되는 것입니다마는, 이러한 기록으로 그 시대를 알 수 있는 동시에 고려 도자기의 세계에 자랑할 만큼 발전을 이룩한 한 원인이 오로지 다구를 다스리는 데 있었다는 것을 알게 되어 기쁘게 여기는 것입니다.

송(宋)나라의 태평노인(太平老人)은 《수중금(袖中錦)》에서 이렇게 말한다.

감서(監書), 내주(內酒), 단계의 벼루[端硯], 휘주의 먹[徽墨], 낙양의 꽃[洛陽花], 건주의 차[建州茶] … 고려비색(高麗秘色)은 모두 천하제일이어서 다른 곳에서 비록 본받더라도 마침내 따라가지 못한다.

태평노인도 고려의 청자를 송(宋)의 청자보다 더 높이 평가한 것이다.

차선

중국의 차선

심안노인(審安老人)이 지은 《다구도찬(茶具圖贊)》에 나오는 차선(茶筅)은 대나무로 만든 찻솔이며, 이름은 선조(善調), 자는 희점(希點), 호는 설도공자(雪濤公子)이다. 송나라 때 무관의 관직 중 하나인 부수(副帥)로 비유하였다.

축부수를 찬양하여 가로되, 백이숙제[首陽餓夫]는 주무왕(周武王)이 상(商)나라를 토벌하여 전쟁이 한창일 때도 과감하게 간언하였는데 전쟁과 같이 솥에 물이 펄펄 끓을 때 그 뜨거움을 가늠하여 간언한 자가 몇 명이나 될까. 자네의 청절(淸節)은 오직 너만이 홀로 몸소 실천할 수가 있으며, 이러한 일 즉 위급에 처하여도 자신의 안위를 돌보지 아니한 자만이 할 수 있는데, 그 누가 능히 이루어낼 수 있겠는가.

차선(茶筅)은 찻가루를 타는 도구이다. 송나라의 점다법에 차선이 만들어져 사용되기 이전인 오대(五代) 때에는 탕병(湯甁)에서 나오는 물줄기의 완급(緩急)과 팔의 힘을 잘 조절하여 차를 풀었다고 한다. 소이(蘇廙)의 《십육탕품(十六湯品)》에서 언급한 이 방법을 옥차법(沃茶法)이라고 하는데, 차가 어떻게 잘 풀렸는지 의문이 간다. 차가 잘 풀리지 않아 차선(茶筅)이라는 도구가 만들어졌는지도 모른다.

일본 무로마치시대의 차선

일본의 차선(茶筅)은 일본다도가 성립되기 이전까지 중국식의 찻솔 즉, 대나무 주걱 같은 것의 끄트머리를 잘게 쪼갠 것을 썼는데, 후에 여러 가지로 개조되었다. 무로마치[室町]시대부터 일본식의 다도가 성립되기 시작하면서 무라다 슈코[村田珠光]가 나라[奈良]의 다카야마[高山]마을 다카야마 소오세츠[高山宗砌]라는 사람에게 만들게 한 것이 시초라고 한다.

오늘날 차선은 각 유파(類派)에 따라 여러 형태가 있다. 리큐[利休], 우라센케[裏千家], 오모데센케[表千家], 무로마츠센케[武者小路千家]에 따라 기능은 거의 비슷하지만 각각 다른 차선을 쓰고 있다.

각 유파별 차선(좌로부터 우라센케, 리큐, 무로마츠센케, 오모데센케)

고려의 차선

고려시대의 차선에 관한 문헌적 기록은 없다. 솔잎으로 만든 차선 형태나 고리 달린 찻숟가락으로 차를 풀거나 대나무로 만든 차선을 그대로 썼을 것으로 유추할 뿐이다.

먼저 솔잎으로 만든 차선을 보자. 우리나라에는 예부터 선도(仙道)가 있어 입산수도의 초기에 금식(禁食)하면서 송화분말(松花粉末)을 뜨거운 물이나 냉수에 타서 마셨다. 송엽차(松葉茶)를 마시거나 인삼을 갈아서 마시기도 했다. 이때 솔잎을 묶어 차선처럼 가루를 푸는 데 사용하였다. 뜨거운 물속에서도 상하지 않는 솔잎의 특징을 이용한 것이다.

다음은 대나무로 만든 차선을 보자. 심안노인의 《다구도찬》에 나오는 대나무로 만든 찻솔 형태를 고려인들도 그대로 썼을 것이라 여겨진다. 송의 차문화가 고려와 거의 유사하였으니 차선도 비슷하다고 본다.

다음으로는 고리 달린 찻숟가락[茶匙]이 있다. 맷돌에 곱게 갈아 체에 쳐서 만든 말차를 점다할 때는 여러 개의 고리로 된 차술[茶匙]로 거품을 일으켰다. 청동과 은으로 만든 말차 뜨는 찻숟가락인데 손잡이 뒤쪽에 고리가 달려 있어 차를 휘저음으로써 거품이 일어나게 만든 것으로, 오늘날 거품기와 거의 비슷한 원리이다. 유물로 남아 있는 이 고리 숟가락은 찻사발에 직접 점다할 수는 없었으며 차두구리나 큰 다완에 점다하여 찻잔에 나누어 마셨을 것이다.

차맷돌

중국의 차맷돌

차맷돌은 방망이로 분쇄한 고형차의 조각을 갈아서 가루로 만드는 도구이다. 심안노인의 《다구도찬》에서는 맷돌을 석전운(石轉運)이라 하였으며, 그 이름은 착치(鑿齒), 자는 천행(遄行), 호는 향옥은거(香屋隱居)라 하였다.

> 석전운을 찬양하여 가로되, 강직한 바탕 위에 바른 마음을 품었기에 좋은 일을 많이 하고 쉬지 않고 일을 하며, 그는 산에서 얻는 이익을 관리하여 벼슬의 권한을 잘 다스려 정의로운 것은 버리지 않고 옳지 않은 것은 따르지 않을 뿐 아니라 비록 이가 다하는 날에도 불평을 하지 않는다.

돌로 된 맷돌이며 차를 가는 데 있어 가장 중요한 도구이다. 모양은 윗면이 평평한 원통형이다. 송나라 진종의 함평 연간(998~1003)에 《북원다록(北苑茶錄)》을 쓴 정위(丁謂, 998~1003)가 민주(閩州, 복건성)의 전운사로 있을 때 쓴 시 〈전차(煎茶)〉에도 '차맷돌[石碾]'이 나온다.

일본의 차맷돌

우지[宇治]의 휘록암(輝綠岩)으로 차맷돌이 만들어졌다. 모양은 중국과 마찬가지로 원통형이다. 《보키에 고토바[幕歸繪調]》, 《데이킨 오우라이[庭訓往來]》, 《다이헤이키[太平記]》 등의 문헌에 차맷돌이 등장한다.

일본의 **차맷돌**(전선민 藏)

과학과 기계가 발달한 현대에도 일본의 말차 공장에서는 맷돌을 동력으로 작동시켜 차를 갈고 있다. 돌 맷돌의 마찰에 의한 온도의 상승과, 갈리는 동안 수분이 흡습(吸濕)되어 차의 품질을 떨어뜨리기 때문에 분쇄실은 언제나 저온·제습 조건 하에 환경을 과학적으로 조절하지만 말차를 만드는데에 있어 맷돌은 탁월한 도구이다.

고려의 차맷돌

한국의 맷돌은 화강암(花崗岩)으로 만들었다. 외형은 사과형도 있고 윗면이 평평한 것도 있다.

고려에서 차맷돌은 본래 마음을 차분하게 가라앉히고 정신을 고르게 하는 정심조신(靜心調神)의 수양성(修養性) 도구이기도 하여 문인들의 시(詩)에도 자주 등장한다.

우선 고려의 최승로(崔承老, 926~989)가 성종에게 올린 상소문(982년)에 차맷돌이 등장한다. 맷돌질이 얼마나 힘든 일이었는지 알 수 있다. 빨리 돌리면 차가 변질되므로 천천히 장시간 돌려야 하므로 임금의 성체(聖體)의 노고(勞苦)를 애석하게 생각하여 상소문까지 올린 것이다.

강화도 선원사지 출토 차맷돌(고려)

가만히 듣자오니 성스러우신 상감께옵서 공덕재(功德齋)를 위하여 친히 차를 맷돌질하시거나 보리를 가신다 하더이다. 신은 깊이 성체(聖體)의 근로를 애석하게 여기나이다. 이러한 폐단은 광종(재위 950~975) 때부터 비롯된 것이옵니다.

이인로(李仁老)의 〈절의 차맷돌[僧院茶磨]〉이라는 시에도 차맷돌이 나온다. 빨리 돌리면 마찰열 때문에 찻가루가 변질되므로 개미걸음처럼 천천히 돌리는 것으로 묘사하였다.

또 이규보(李圭報)는 〈차맷돌을 준 이에게 감사하며[謝人贈茶磨]〉라는 시를 지었다. 고려시대에 차와 더불어 차맷돌이 귀중한 선물로 활용되었음을 알 수 있다.

강화도 선원사지에서 출토된 차맷돌은 고려시대의 것이며 아랫부분은 없이 윗부분만 발견되었다.

제 2 부

현대인을 위한 말차 이야기

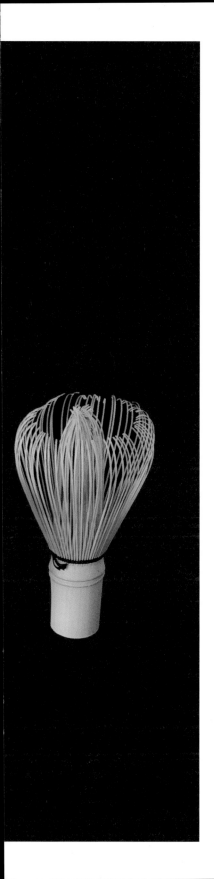

01

말차란 무엇인가

　　오늘날 우리가 흔히 접하는 말차(가루차)는 과거 전통 시대에 우리 조상들이 즐기던 말차와는 상당히 다른 차이다. 물론 공통점도 있는데, 우선 물에 타서 마시기 직전의 차 모양이 가루라는 점이다. '말차(가루차)'라는 명칭 자체가 이런 차의 모양에서 유래된 것이므로 그 모양에서는 일단 과거의 말차나 현대의 말차나 다를 수가 없는 것이다. 하지만 오늘날의 말차 제조법은 과거의 그것과는 판이하게 다르고, 그 음용의 방식 또한 다른 점이 적지 않다. 차를 만드는 제다법이 다르므로 차의 성분과 효능도 다르고, 음용법이 다르므로 이와 관련된 다구 역시 과거와 현재가 상당히 다른 것이 사실이다.

말차의 개요

오늘날 우리가 일상에서 접하는 연두색의 가루차인 말차는 6대다류 분류법에 따르면 녹차(綠茶)에 해당한다. 산화 혹은 발효를 최대한 억제하여 만든 차, 즉 찻잎을 채취하자마자 곧바로 잎차 형태의 덴차로 가공하고, 이를 다시 가루로 분쇄한 차가 오늘날의 통상적인 말차이다. 말차(抹茶), 가루차, 가루녹차 등의 용어는 혼용되는 경우가 많은데, 다완에 타서 음료로 마시는 용도의 고급차를 흔히 말차(일본식 발음은 맛차)라 하고, 음식이나 다른 음료 등에 주로 활용되는 차를 가루차 혹은 가루녹차라 칭한다(가루차를 물에 타서 음용하는 경우도 있다).

이처럼 말차는 찻잎을 가루로 만들어 물에 타서 마시는 차이다. 이 말차 문화가 가장 발달한 곳은 익히 알려진대로 일본이며, 말차는 일본다도와도 불가분의 관계를 맺고 있다. 이렇게 말차 문화가 발달한 관계로 최고급 말차 역시 일본에서 주로 생산되며, 교토의 우지[宇治]가 말차의 본고장으로 알려져 있다. 최근에는 우리나라와 중국에서도 상당히 고급스런 말차가 생산되고 있으며, 말차를 즐기는 인구 또한 나날이 확대되고 있다. 말차 문화의 확산과 고급 말차의 생산이 서로를 자극하여 발전하고 있는 와중이라고 하겠다.

이렇게 한중일 3국에서 말차의 인기가 점점 높아지는 데에는 여러 가지 이유가 있지만, 무엇보다 현대인의 가장 큰 관심사인 건강과 관련된 뛰어난 기능성으로 주목을 받고 있다. 말차에는 특히 심장병이나 암과 같은 만성질환의 위험을 줄이는 항산화제인 카테킨이 풍부하다. 말차를 마시고

다양한 가루차 활용 디저트들(사진제공 오설록)

가루차를 식단에 추가할 경우 산화 스트레스에 대한 신체 방어력이 강화되고 전반적인 건강을 증진시킬 수 있다. 말차에는 치아 건강에 좋은 물질이 풍부하게 들어 있어 구강 건강을 유지하는 데도 도움이 된다. 또 말차는 혈당 수준을 안정시키고 인슐린 민감성을 향상시키는 데에도 도움을 주는 것으로 알려져 있다. 한편 말차는 일반 녹차보다 카페인 함량이 높으며, 때로는 커피보다도 높아서 수면 방해 등 부작용이 있을 수도 있다.

녹차와 말차

말차와 녹차는 그 형태상의 차이에도 불구하고 공통점이 많다. 그 공통점과 차이점을 크게 세 가지로 나누어 살펴보자.

첫째, 물에 우리거나 타기 직전의 모양, 즉 최종 완성된 모양이 서로 다르다. 통상의 녹차는 차나무에서 채취한 찻잎의 모양을 그대로 살려 차를 만드는 반면, 말차는 잎차를 다시 분말 형태로 갈아서 완성한 차이다. 모양이 다르므로 마시는 법도 다른데, 일반 녹차는 다관에 넣고 뜨거운 물을 부어 차가 품고 있던 색향미를 우려내어 그 물을 마시고 남은 찻잎은 버린다. 반면에 말차는 다완에 차를 넣고 여기에 뜨거운 물을 부어 차선으로 이 둘이 잘 섞이게 한 뒤 이를 마시며, 남는 것이 전혀 없이 차의 모든 것을 음용하는 방식이다.

둘째, 차나무의 재배 방식 자체가 다르다. 최고급 말차를 만들기 위해서는 차밭에 일정 기간 차광막(遮光幕)을 설치하여 찻잎이 직사광선에 노출되지 않도록 한다. 이렇게 하면 찻잎이 더 연해지고 엽록소도 상대적으로 많아져 더 선명한 녹색을 띠게 된다. 말차용이 아닌 일반적인 가루녹차의 경우 차광재배를 하지 않은 찻잎으로 만들기도 한다.

셋째, 영양성분과 효능에서도 차이가 있다. 녹차를 10대 건강식품에 선정한 《타임》지는 녹차와 말차의 영양성분에 대해 무척 흥미로운 비유를 했는데, 일반 녹차가 시금치 데친 물을 마시는 것이라면 말차는 시금치 전체를 그대로 먹는 것과 마찬가지라는 비유가 그것이다.

차의 성분에서 75~80%는 수분이고 나머지가 고형분이다. 고형분에는 수용성 성분이 35~40%로 카테킨류, 유리아미노산류, 비타민 B1과 B2, 비타민 C, 사포닌, 수용성 식이섬유, 다당류, GABA, 포타슘, 인, 불소, 아연, 망간, 셀레늄 등이 들어 있다. 불용성 성분은 60~65%로 카로틴, 비타민 E, 단백질, 지질, 불용성 식이섬유, 엽록소 등이다. 녹차로 우려 마실 경우에는 수용성 성분만 마시게 되고, 말차로 마실 경우에는 찻잎 성분의 100%를 섭취할 수 있으며, 건강상 몇 배의 효능을 얻을 수 있다는 연구결과도 있다.

말차와 건강

말차용 차나무를 재배하는 다원에서는 직사광선을 피하기 위해 찻잎을 채취하기 약 30일 전부터 차나무를 가리개로 덮어 재배한다. 이로써 엽록소 생성이 증가하고, 아미노산 함량이 늘어나며, 찻잎은 더 진한 녹색을 띠게 된다. 이렇게 길러진 찻잎을 채취한 후 줄기와 잎맥을 제거하고 곱게 갈아서 미세한 분말로 만든 것이 말차다. 말차는 찻잎 전체의 영양소를 함유하고 있으므로 말차 음용은 일반적인 녹차를 마시는 것보다 더 많은 양의 카페인과 항산화제를 섭취하는 셈이 된다. 대표적인 성분들과 효능을 살펴보자.

첫째, 말차에는 항산화 물질, 곧 카테킨이 풍부하다. 말차의 카테킨은 세포를 손상시키고 만성질환을 유발할 수 있는 유해한 자유 라디칼을 안정화하는 데 도움이 된다. 어떤 연구에 따르면 말차의 카테킨 함량은 일반 녹차에 비해 최대 137배나 된다고 한다. 한 마디로 말차는 농축된 항산화제를 함유하고 있어 세포 손상을 줄이고 만성질환을 예방하는 데 도움이 된다.

둘째, 말차를 마시면 머리가 똑똑해진다. 말차의 카페인 성분에 따른 효능으로, 각종 실험에서 말차를 마신 사람들은 주의력과 기억력이 향상되고 노인들의 경우 반응 속도가 빨라지기도 했다고 한다. 말차에는 또 L-테아닌이라는 성분이 함유되어 있어 뇌에서 알파파 활동을 증가시키고, 긴장을 이완하며 스트레스를 낮춰준다. 말차 1g에는 대략 35mg의 카페인이 함유되어 있는데, 이렇게 카페인의 함량이 높음에도 불구하고 부작용이 크지 않은 것역시 이 L-테아닌 덕분이다.

셋째, 말차는 간 건강을 지키는 데 도움이 된다. 간은 우리 몸의 독소를 배출하고 약물을 대사하며 영양소를 처리하는 역할을 담당한다. 이러한 간에 생기는 대표적인 질환이 지방간인데, 그 환자들에게 3개월간 매일 녹차 추출물을 마시게 한 결과 간 수치가 크게 낮아졌다는 연구결과가 있다. 쥐를 통한 연구에서도 말차는 신장과 간의 손상을 예방하는 효과를 나타냈다.

넷째, 말차는 암 예방에 도움이 될 수 있다. 녹차 추출물이 쥐의 종양 크기를 줄이고 유방암 세포의 성장을 늦췄다는 연구결과가 있다. 말차는 강력한 항암 특성이 있는 것으로 밝혀진 카테킨 유형의 에피갈로카테킨-3-갈레이트(EGCG) 함량이 특히 높다. EGCG가 전립선암 세포를 죽이는 데 도움이 되었다는 연구결과가 있으며, 피부암, 폐암, 간암에도 효과적인 것으로 알려져 있다.

다섯째, 말차는 심장병 예방에 도움이 된다. 말차를 포함한 녹차류 음료는 중성지방과 LDL 콜레스테롤 수치를 감소시키는 것으로 나타났다. 이로써 심장병이나 뇌졸중 위험이 감소한다.

여섯째, 말차는 다이어트에 효과적이다. 시판되는 다양한 다이어트 관련 의약품들 가운데 상당수에는 녹차 성분이 포함되어 있는데, 그만큼 녹차 성분이 다이어트에 실제로 효과가 있기 때문이다. 말차는 우리 몸의 신진대사를 가속화시켜 에너지 소비를 늘리고 지방 연소를 촉진함으로써 체중 감량을 유도한다.

이처럼 말차는 우리 몸과 정신에 매우 이로운 작용을 하지만 부작용이 전혀 없는 것은 아니다. 우선 말차에는 상당한 양의 카페인이 함유되어 있으므로 말차를 많이 마시면 수면에 문제가 생길 수 있다. 또 공복에 말차를 마실 경우 갑자기 과도한 카페인이 흡수되면서 어지러움이나 가슴 두근거림 등의 증상이 나타날 수도 있다.

말차를 비롯한 차에는 탄닌 성분이 함유되어 있는데, 탄닌은 우리 몸에서 철분의 흡수를 방해할 수 있다. 철분제와 말차를 동시에 먹어서는 안 된다는 말이며, 기타 약물을 복용할 경우에도 2시간 이상 간격을 두고 말차를 마시는 것이 좋다.

김명익 藏

말차의 생산

　말차를 비롯한 모든 차의 원료는 차나무의 잎이다. 차나무(*Camellia sinensis*)는 동백나무과에 속하는 상록수로, 크게 두 가지 아종으로 나뉜다. 중국종(*Camellia sinensis* var. *sinensis*)은 한랭지 기후에 적응해 잎이 작고 도톰하며, 중국·한국·일본 등 온대 지역에서 많이 재배된다. 녹차 제조에 주로 사용되며, 아미노산의 감칠맛을 즐길 수 있다. 반면에 아삼종(*Camellia sinensis* var. *assamica*)은 무더운 기후에 적응해 잎이 크다는 차이가 있다. 인도 아삼 지방과 같은 열대 지역에서 많이 재배되고, 홍차 제조에 적합하며, 카페인 함유량이 더 많다.

차광재배(사진제공 **오설록**)

차나무는 토양, 기후, 강수량 등 자라는 환경에 따라 다양한 특성을 보인다. 예를 들어 더운 지역에서는 줄기가 굵고 키가 큰 교목형과 잎이 큰 대엽종이 많고, 상대적으로 추운 지역에서는 줄기가 가늘고 키가 작은 관목형과 잎이 비교적 작은 중소엽종 차나무가 많다.

차나무는 그 품종이 매우 다양한데, 일본에서는 야부키다(Yabukita) 품종이 말차 제조에 널리 사용된다. 야부키다는 일본 차 생산량의 약 75%를 차지하며, 센차, 교쿠로 및 말차 생산에 주로 이용된다. 균형 잡힌 풍미와 선명한 초록색을 지니고 있어 말차 제조에 가장 적합한 것으로 알려져 있다.

차광재배법의 탄생

말차의 원료는 차광재배(遮光栽培)를 한 차나무의 잎이다. 차광재배란 찻잎을 수확하기 30일정도 전부터 차밭에 차광막을 설치하여 찻잎이 직사광선에 노출되지 않도록 재배하는 방법으로, 일본 교토 인근의 우지에서 처음으로 개발되었다. 우지가 일본 내 최고의 차 산지가 된 것은 15세기 무렵으로, 이 당시 차의 수요가 폭발적으로 늘면서 우지의 차 산업도 나날이 확대되고 발전하게 되었다. 우지는 기후와 환경이 차나무 재배에 무척 적합하고, 또 인근에 도쿄라는 큰 시장이 있었으므로 우지의 차 산업은 성장이 약속된 것이나 마찬가지였다. 하지만 아무리 정성을 들여 차나무를 재배하고 말차를 만들어도 도가노산[梅尾山]에서 나오는 말차의 풍미에는 미치지 못하였다. 이에 차농들은 도가노산 다원의 특징에 대해 연구하기 시작했고, 그 결과 이곳의 차나무들은 산림의 그늘속에서 자란다는 것을 알게 되었다. 이로써 우지에서도 인공적인 그늘막 재배가 시험적으로 실시되었고, 그 결과 도가노산 말차 못지않은 품질과 풍미를 얻을 수 있게 되었다고 한다.

이 차광재배법은 한때 일종의 특허기술로 인정되어 우지의 차농만, 그것도 에도막부의 허락을 얻은 차농만 활용할 수 있었다고 한다.

차광재배 찻잎의 특징

차나무에 차광을 하는 이유는 그 색향미를 좋게 하는 것이 근본 목적이다. 차광을 하면 찻잎의 입장에서는 부족한 햇빛을 조금이라도 더 받아들여 광합성을 해야 하므로 엽록소를 더 많이 만들어야 한다. 찻잎의 색이 더 진한 녹색이 된다는 의미다. 또 햇빛을 받는 면적을 최대한 늘려야 하므로 찻잎 자체도 더 크고 넓고 얇아지게 된다. 차나무가 가진 영양성분을 뿌리나 줄기 등 다른 곳에 사용하지 않고 오로지 찻잎의 넓이 확장에 집중적으로 투여하는 것이다. 그 결과 찻잎의 크기는 크지만 얇아서 매우 부드러운 잎이 된다.

찻잎의 성분도 달라지는데, 찻잎의 성분 가운데 맛과 향에 영향을 미치는 성분은 크게 보아 아미노산(테아닌, 감칠맛), 폴리페놀(카테킨, 떫은맛), 카페인(쓴맛)의 세 가지다. 이들 세 가지 성분이 어떤 비율로 조화를 이루느냐에 따라 차의 맛과 향이 달라진다. 말차에 있어서는 감칠맛을 높이는 것이 기본 목표인데, 감칠맛을 내는 아미노산은 차나무의 뿌리에서 합성되는 성분이다. 이것이 어린잎으로 이동하고, 햇빛을 통한 광합성의 과정에서 떫은맛을 내는 카테킨으로 변하게 된다. 햇빛을 많이 받을수록 감칠맛이 줄고 떫은맛이 늘어난다는 말이며, 이를 방지하기 위한 재배법이 바로 차광이다.

이처럼 차나무의 차광재배는 떫은맛을 줄기고 감칠맛을 높이며, 색을 더욱 진한 녹색으로 만들기 위해 행해지는 것이다. 이렇게 기른 찻잎이라고 모두 말차만 되는 것은 아니다. 교쿠로[玉露]나 가부세차[かぶせ茶] 역시 이런

차광재배로 키운 찻잎을 이용한다. 다만 차에 따라 차광을 하는 기간이 서로 조금씩 다르며, 말차용 찻잎이 가장 오랜 기간 차광 상태로 재배된다.

말차의 제다법과 덴차

오늘날 우리가 즐기는 말차는 찻잎을 미세한 가루로 분쇄하여 물에 타서 마시는 차이다.

말차 제조를 위해서는 먼저 차광재배한 찻잎을 채취해야 하는데, 첫봄에 나온 새순을 딴다. 우리나라의 우전 녹차를 만드는 잎, 즉 곡우(穀雨, 4월 20일 또는 21일) 이전에 채취한 찻잎에 해당한다고 할 수 있다. 최고급 차는 청명(淸明, 4월 5일 또는 6일) 이전에 딴 명전 찻잎으로 만든다.

이렇게 채취한 찻잎으로는 말차가 될 예비단계로서의 덴차[碾茶]를 만든다.

덴차를 만드는 과정은 크게 '증청-건조-잎맥제거'의 3단계로 나눌 수 있다. 우리나라 녹차의 경우 보통 '살청(또는 증청)-유념-건조'의 과정을 거치므로 덴차와 우리나라의 녹차 제다는 상당히 다른 것을 알 수 있다.

덴차를 만들기 위해서는 채취한 찻잎을 우선 증기로 쪄내는 증청의 과정을 거친다. 이때의 찻잎은 몹시 연하고 부드러운 것이기 때문에 20초 내외의 짧은 시간에 증청을 마친다. 증청이나 살청, 혹은 덖음은 찻잎 속에 있는 산화효소의 활동을 정지시켜 더 이상 산화가 일어나지 않도록 하기 위함이며, 모두 열을 이용한다. 신선한 녹차를 만들기 위해서는 찻잎 채취

후 최단시간 내에 이 과정을 진행해야 하며, 그래야 차의 녹색도 유지된다.

우리나라 녹차의 경우 솥에서 덖거나 증기로 쪄낸 후 유념, 즉 비비기의 과정을 거치는데, 이는 모양을 만드는 동시에 찻잎의 표면을 파괴시켜 나중에 차의 성분이 물에 잘 우러나오도록 하기 위함이다. 그런데 말차의 경우 나중에 가루로 분쇄할 것이므로 성형의 필요성이 전혀 없고, 또 우려 마시는 차가 아닌 데다가 나중에 가루로 분쇄할 것이므로 찻잎 표면을 파괴하고 말고 할 것도 없다. 덴차 가공과정에 유념 공정이 없는 이유다.

뜨거운 증기로 쪄낸 찻잎은 당연히 습기와 열기를 머금고 있다. 이를 잘 말려주면서 서로 뒤엉킨 찻잎들을 낱낱이 풀어주어야 하는데, 여기에는 강력한 선풍기가 이용된다. 증청이 완료된 찻잎은 대형 모기장 같은 망 안으로 옮겨지고, 그 바닥에 설치된 송풍기에서 강력한 바람이 나와 찻잎들이 공중에서 춤을 추면서 열기가 식고 수분이 날아가고 서로 붙어있던 상태에서 각각의 찻잎으로 분리된다. 컨베이어벨트를 이용하여 순차적으로 몇 개의 모기장을 거치게 되며, 이 1차 건조의 과정이 끝나면 찻잎은 어느 정도 건조도 되고 서로 엉켜있던 것도 모두 풀리게 된다.

이렇게 대강 마른 찻잎은 다시 뜨거운 기계 안에서 2차 건조를 하게 된다. 섭씨 90도에서 180도에 이르는 여러 칸들을 거치는 동안 찻잎은 수분이 거의 없는 상태로 완전 건조된다. 우리나라 녹차를 만들 때도 살청과 유념이 끝난 차는 바짝 마를 때까지 뜨거운 솥에서 건조 과정을 거치는데, 도구나 방식은 다르지만 원리는 같은 것이다.

이렇게 2차 건조까지 마친 찻잎은 잎맥 제거의 과정으로 넘어간다. 찻잎에 남은 줄기 부분은 물론이고 잎의 뼈대 역할을 하는 가는 잎맥까지 모두 제거하는 과정이다. 나중에 음용할 때 거부감을 줄 수 있는 부분을 모두 제거하는 것이다. 잎맥 제거 역시 바람을 이용하는데, 통 안에 찻잎을 넣고 초강력 바람을 주입하면 찻잎이 그 힘에 의해 분쇄되면서 줄기나 잎맥이 따로 분리되는 방식이다. 강력한 바람에 종잇장이 찢어지듯 찻잎이 찢어지면서 줄기나 잎맥만 분리되며, 찢어진 종잇장과 같은 형태로 최종 남은 차가 바로 말차용 덴차다.

가루 형태로 완성된 말차는 보관이 몹시 까다롭기 때문에 말차 제조업자들은 1년 동안 판매할 말차를 한꺼번에 만들지 않는다. 앞서 완성된 덴차 형태로 보관하고 있다가 출하량에 맞추어 수시로 분쇄하여 최종 제품을 완성한다.

현대식 차맷돌과 포장

고려를 비롯한 전통시대에는 덩이차를 보관하고 있다가 차를 마실 때마다 이를 부수고 맷돌로 갈아 말차를 준비했다. 말차의 최종 완성 단계에 맷돌을 이용한 분쇄가 있었던 것인데, 이는 오늘날에도 크게 다르지 않다고 할 수 있다. 다만 공장에서 전기로 움직이는 기계식 맷돌을 사용한다는 점이 다를 뿐이다.

덴차를 맷돌로 갈아서 말차를 완성할 때 문제가 되는 것은 맷돌의 아랫돌과 윗돌 사이에서 당연히 생기는 마찰열이다. 미세한 분말이자 더없이

연약한 식물 가공품인 말차는 당연히 미세한 열에도 그 색향미가 변하게 된다. 따라서 맷돌에 넣고 분쇄하되 맷돌을 최대한 천천히 회전시켜 열의 발생을 줄여야 한다. 대형 말차 공장에 가보면 온도와 습도가 통제되는 청결한 방에 수십 대의 전기 맷돌이 설치되어 천천히 돌아가는 모습을 볼 수 있는데, 맷돌은 보통 1초에 한 바퀴 정도의 속도로 돌아가고 1시간에 40g 정도의 말차를 분쇄한다고 한다.

앞서 언급한 것처럼 말차는 보관이 까다로운 차여서 포장 역시 20g 단위 등 매우 적게 하는 것이 보통이다. 캔에 밀봉된 형태로 판매되는 것이 가장 일반적이고, 개봉한 차는 최대한 빠른 시간 안에 음용해야 변질을 피할 수 있다.

말차의 종류와 등급

오늘날 말차의 대표적인 산지는 일본의 우지[宇治]라고 할 수 있다. 우리나라의 하동이나 보성, 중국에서도 말차가 생산되지만 그 양이나 품질 면에서 아직 일본과 비교하기는 어렵다. 말차의 품질은 차나무 품종과 재배 환경에 큰 영향을 받는 것은 물론 제다법 역시 몹시 섬세하고 까다롭기 때문에 다도에 필요한 최고급 말차의 생산은 무척 지난한 과정이라고 할 수 있다. 하지만 국내에서도 고급 말차를 생산하기 위한 연구와 노력이 지속되고 있으므로 조만간 일본에서의 수입에 전적으로 의존하는 현재의 시장도 변화를 맞이하게 될 것으로 여겨진다. 말차에 필요한 최고의 다완이 우리 도공들에 의해 만들어지고 있고, 차선을 비롯한 각종 말차 도구 역시 우리나라에서 만들어져 일본 상표를 달고 판매되고 있다. 차라고 최고의 제품이 나오지 않을 이유가 없다고 하겠다.

　말차(가루차)에도 등급이 있는데, 크게 다음과 같이 셋으로 나누는 것이 일반적이다. 먼저 세레모니얼 등급(Ceremonial Grade)은 최고 품질의 말차로, 첫물차로만 만들어진다. 일본다도에서 사용하는 말차가 이것인데, 이 안에서도 다시 더 고급 말차와 일반 말차가 있다. 일본다도의 말차 음다법에는 그 진하기에 따라 크게 두 종류가 있는데, 농차(濃茶, 고이차)와 박차(薄茶, 우스차)가 그것이다. 약간의 차에 물을 많이 넣고 차선으로 휘저어 거품을 내서 마시는 가장 흔한 형태의 차가 박차고, 많은 양의 차에 물을 매우 적게 부어 거의 죽처럼 해서 마시는 차가 농차다. 사실 일본다도에서 기본으로 여기는 차는 바로 이 농차이며, 농차를 마신 뒤 다완에 묻어 있는 차를 마시기 위해 다시 물을 많이 붓고 차선으로 거품을 내어 2차로 마시던 차가 박차이다. 하지만 농차는 몹시 진하기 때문에 이에 익숙하지 않은 사람이나 비위가 약한 사람들의 경우 이를 즐기기가 몹시 어렵다. 이에 상대적으로 더 보편화된 것이 박차고, 오늘날 말차라고 하면 주로 이 박차를 의미하게 되었다. 하지만 일본다도에서 본래 기본이 되는 차는 농차이며, 아무리 진하더라도 쓰거나 떫은 것이 아니라 부드러운 감칠맛이 나야 제대로 된 농차라고 할 수 있고, 이런 농차에 적합한 말차가 말차 중에서도 최고의 품질로 인정된다. 농차가 가능한 말차는 당연히 박차에도 이용할 수 있으나, 이보다 낮은 등급의 차는 박차로만 이용이 가능하다.

프리미엄 등급(Premium Grade)의 말차는 세레모니얼 등급보다 단맛이 적고 쓴맛이 강하다. 마지막으로 컬리너리 등급(Culinary Grade)이 있는데, 주로 요리에 사용되는 가루녹차다. 아이스크림, 케이크, 라떼 등에 사용되는 이 등급의 가루녹차는 첫물차가 아닌 두물차와 세물차로도 만든다.

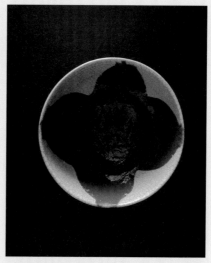

농차는 1회에 4~5g의 말차를 넣고 진하게 타서 나누어 마시는 것이 기본으로,
우측 사진이 마시고 난 뒤의 모습니다.

박차는 1인분으로 약 2g의 말차를 사용하며,
오늘날 일반적으로 즐기는 말차가 이것이다.

03

말차의 다구

　말차는 어떤 분위기에서 어떤 목적으로 마시는가에 따라 이에 필요한 다구가 달라지게 된다. 예컨대 개인 사무실에서 피로 회복을 위해 혼자서 최대한 간단히 말차를 마시고자 할 경우 말차 외에 다완과 차선만 있어도 된다. 반면에 정식으로 꾸며진 일본식 다실에서 어렵고 귀한 손님을 접대하는 경우라면 이에 수반되는 다구만도 수십 가지에 이를 수 있다. 여기서는 우선 말차 찻자리에서 사용되는 다구들에 대해 그 개요만 알아보고, 핵심적인 다구들에 대해서는 별도의 항목에서 따로 설명하기로 한다.

◀ 천목유적다완(박부원 作)

다완(찻사발)

말차를 마시기 위해서는 반드시 다완이 필요하다. 다완에 대한 자세한 내용은 뒤에서 별도로 설명한다.

차이레[茶入]

다도에 사용되는 말차에는 농차(고이차)용 말차와 박차(우스차)용 말차가 따로 있으며, 이 차를 담아두는 통 역시 별도로 있다. 차이레는 농차용 말차를 담아두는 통이며, 뚜껑이 대부분 상아로 되어 있다.

시후쿠[仕服]

차이레를 넣는 비단주머니이다.

나츠메[棗]

일본어 나츠메는 본래 '대추'라는 뜻이다. 말차 찻자리에서는 박차용 말차를 담아두는 통이며, 대추 모양으로 만들기 때문에 나츠메라 부른다.

차샤쿠[茶杓]

차이레나 나츠메에서 차를 떠내는 데 사용하는 일종의 차 숟가락이다. 뒤에서 별도로 설명한다.

차선(茶筅)/차선꽂이

차선(차센)은 다완에 차와 물을 넣고 휘젓는 데 사용하는 솔이다. 뒤에서 별도로 설명한다. 차선꽂이(차센나오시)는 차선의 살 모양이 망가지지 않도록 거꾸로 세워서 보관하기 위한 꽂이이다.

미즈사시[水指]

물을 담는 항아리이다.

히샤쿠[柄杓]

물을 뜰 때 사용하는 표주박으로 로(爐)용 히샤쿠와 후로[風爐]용 히샤쿠가 있다.

후타오키[蓋置]

솥뚜껑(후타)과 히샤쿠를 놓는 받침이다.

가마[솥, 釜]

찻물을 끓이기 위한 솥으로 로용과 후로용이 있다.

로/후로

로(爐)는 다다미 아래에 네모나게 파서 만드는 화로로 11월에서 4월까지 사용한다. 후로[風爐]는 여름용 화로이다.

후쿠사[服紗]

색이 있는 천으로, 도구를 청결히 닦거나 뜨거운 솥뚜껑을 쥘 때 사용한다.

남자는 보라색, 여자는 주황색, 노인은 황색의 후쿠사를 쓴다.

차단지

덴차를 보관하거나 높은 분에게 차를 진상할 때 이용하던 단지이다. 여러 재질과 형식이 있으며, 차회를 할 때는 그 성격에 맞는 단지를 차실의 도코노마에 장식하여 감상하기도 한다. 봄에 만든 차를 이 단지에 보관했다가 동지 무렵에 구치키리노차지[口切りの茶事]에서 개봉하기도 하였다.

다나[棚]

차실에서 차도구를 장식하는 이동형 선반이다. 다나의 종류는 다도 유파에 따라 달라지는데, 다이스[台子], 오다나[大棚], 코다나[小棚] 등 133개 정도가 있다.

족자

도코노마의 벽에 걸어 장식하는 글이나 그림이다. 해당 찻자리의 성격에 맞는 글씨나 그림을 걸어두고 감상한다.

(이상의 다구는 모두 김명익 藏)

이밖에도 정식 다회를 위해서는 많은 도구들이 동원되는데, 다다미를 깐 일본식 다실에는 반드시 도코노마[床の間]가 있고 여기에는 글이나 그림, 꽃, 향합 등을 놓는다. 도코노마에 장식하는 글이나 그림 족자를 가케모노[掛物]라 하고, 꽃을 꽂는 병은 하나이레[화병, 花入れ]라 한다. 말차 다회에는 화과자 등의 다식이 나오는데 이를 담는 그릇과 나무젓가락 등도 필요하다. 숯불을 피울 경우 이에 수반되는 도구들도 여럿이며, 일본의 차인들은 손님으로 차회에 갈 때 센스[扇子, 부채]도 반드시 지참한다.

다완의 이해와 감상

다완은 말차 음다에서 가장 기본이 되는 도구로 흔히 찻사발이라고도 부른다. 한자 茶碗(다완)의 일본식 발음은 '자완' 또는 '차완'에 가깝고, 중국식 발음도 '차완'이어서 이렇게 부르는 경우도 적지 않다. 한중일 3국에서 모두 독특한 다완을 만들어 사용했는데, 조선의 다완은 특히 일본의 차인들에게 큰 인기를 얻었다. 일본의 차인들은 임진왜란 이전부터 우리 다완을 수입하여 사용했으며, 본인들이 고안한 다완을 기술이 뛰어난 우리 도공들에게 의뢰하여 제작하기도 했다.

◀ 김명익 藏

이처럼 뛰어난 기술과 미감으로 세계 최고의 다완을 만들던 조선의 도공들은 그러나 그 기술과 감각 때문에 임진왜란 당시 큰 고초를 겪어야 했다. 당시 수많은 우리 도공들이 일본으로 끌려갔으며, 이것이 임진왜란을 도자기 전쟁이라고도 부르는 이유이다. 일본은 이들을 이용해 수준 높은 도자기들을 만들어 서양에 수출함으로써 근대화에 필요한 자금을 조달했는데, 다양한 도자기 중에서도 가장 만들기 어렵고 미적으로 탁월한 것이 바로 다완 곧 찻사발이다.

다완은 분류법이 몹시 복잡한데, 다완에 관한 연구와 탐색에 몰두한 일

이라보다완(천한봉 作)

본의 차인들은 어느 나라에서 생산되던 다완인가에 따라 우선 가라모노[唐物, 중국], 고라이모노[高麗物, 한국], 와모노[和物, 일본]로 대별한다. 덴모쿠다완(天目茶碗)은 중국에서 발생하고 발전한 대표적인 가라모노이며, 라쿠다완[樂茶碗]은 와모노를 대표한다고 할 수 있다. 우리나라에서 수입해간 고려다완 가운데 실제로 고려시대의 것은 청자다완이나 청자통형다완 등 얼마 되지 않고 대부분은 조선시대의 것이다. 그럼에도 고려다완으로 통칭한다. 고려다완의 대표작은 이도[井戸]라고 할 수 있는데, 이도 외에도 그종류가 무척이나 다양하여 이를 분류한 세부 명칭도 몹시 복잡하다. 게다가 이들 다완에 대한 연구와 탐색이 일본의 차인들을 중심으로 이루어진 결과 그 명칭 또한 일본어로 되어 있어 우리 입장에서는 우리 전통 찻사발을 일본어로 배워야 하는 역설이 생기게 되었다. 하지만 고려다완의 세부분류와 명칭은 일본의 차인들이 그들만의 이유에 근거하여 명명한 것으로, 이를 우리식 한자 발음으로 무작정 바꾸는 것은 그 근원에서 오히려 멀어지는 것이기도 하다. 따라서 여기서도 가급적 일본식 명칭을 그대로 사용하기로 하고, 필요에 따라 한자를 병기하기로 한다.

조선이 만들고 일본 차인들이 사용한 고려다완은 그 발생 연원에 따라 크게 두 가지로 분류하기도 한다. 우선 조선에서 일상의 용기로 만든 것을 일본인들이 가져다가 다완으로 사용한 경우가 있다. 이도[井戸], 미시마[三島], 고비키[粉引], 고모가이[熊川] 등이 이에 해당한다. 다른 하나는 '고혼[御本]다완'이라 불리는 종류로, 일본의 차인들이 조선에 주문해서 만들어간 소바[蕎麥], 도도야[斗々屋], 이라보[伊羅保], 긴카이[金海] 등이 이에 해당한다.

간추린 다완의 역사

12세기 말부터 말차 문화가 성행하면서 일본의 차인들이 가장 먼저 관심을 기울인 것은 중국이나 고려의 최고급 자기(瓷器) 다완이었다. 중국의 덴모쿠[天目]다완이 대표적이며, 이 당시의 일본 차인들 사이에서는 얼마나 비싼 다완을 사용하느냐가 초미의 관심사였다.

그러다 간소하고 차분한 아취를 추구하는 소박한 와비(侘び)의 다도 문화가 생겨났고, 이때 일본의 차인들을 매료시킨 것이 조선의 찻사발, 특히 이도[井戸]다완이었다. 일본의 차 역사에 기록된 명품 이도다완이 70여 점에 이르고, 이 가운데 20여 점은 문화재로 등록되어 있다. 명품 이도다완 하나와 도쿄의 빌딩 하나를 맞바꾼 사례도 있을 정도로 몸값이 높고 귀한 대접을 받는 것이 바로 이도다완, 즉 우리 전통의 찻사발이다. 특히 '기자에몬 이도[喜左衛門 井戸]'라는 이름이 붙은 다완은 일본의 국보로 대접받고 있으며 교토 대덕사(大德寺)의 한 암자에 신주단지처럼 모셔져 있다. 일본의 차인들이 평생 한 번만이라도 이 다완을 보는 것이 꿈이라고 할 정도로 귀한 대접을 받고 있다.

조선의 이도다완에 대해 일본의 민예연구가 야나기 무네요시[柳宗悦]는 "평평범범(平平凡凡)의 미, 미(美)와 추(醜)를 초월한 아름다움을 갖춘 대명물(大名物)"이라면서 그 탄생과 용도를 두고 "조선의 무명 사기장이 아무 생각없이 만든 잡기"라 했다. 이런 의견을 받아들여 우리나라에서도 한동안 '막사발'이라 부르기도 했다. 최근에는 제사용의 귀한 그릇이라거나 스님들의 발우(鉢盂)였을 것이라는 의견도 대두되고 있으나 확실한 것은 아니다. 사실 이도다완의 실체에 대해서는 알려진 것이 거의 없으며, 그 유명세에도 불구하고 왜 '이도[井戸]'라는 이름이 붙었는지조차 구명되지 않고 있다. 조선 전기(15~16세기)에 남해안 지역의 지방가마에서 만들어진 그릇일 것이라는 정도의 설만이 통설로 인정될 뿐 구체적인 것은 여전히 수수께끼에 쌓인 명물이 바로 이도다완이다.

이도다완에 열광하던 일본 차인들의 관심을 다른 곳으로 돌린 이가 일본의 다성(茶聖)으로 불리는 센 리큐[千利休]였으며, 그에 의해 일본식 찻사발이 새로 개발되었다. 이때 리큐가 고안한 최초의 일본 다완을 만든 장인이 조지로[長次郎]라고 불린 한 외래인이었는데, 조선 출신의 기와공이었다는 설도 있지만 명나라에서 온 인물이었다는 설이 더 힘을 얻고 있다. 리큐가 고안하고 조지로가 만든 무광의 차분한 검은색 다완에 감탄한 도요토미 히데요시는 자신의 저택 이름인 주라쿠다이[聚樂第]에서 '라쿠[樂]'라는 글자를 하사했고, 이로써 일본만의 찻사발인 라쿠다완이 탄생하게 되었으며 조지로의 가문은 '라쿠'라는 성씨를 사용하게 되었다. 라쿠다완은 그 기형이나 기법이 기존의 다완들과는 많이 다른데, 우선 물레를 사용하지 않고 흙을 쌓아올려 빚어 만든다는 점이 그렇다.

찻사발의 왕으로 꼽히는 기자에몬 이도

다완의 형태와 부분 명칭

　다완은 그 형태에 따라 크게 세 가지로 나눌 수 있다. 이도다완을 비롯하여 우리가 통상적으로 알고 있는 완형(碗形)이 하나이고, 접시에 가까운 평형(平形)이 둘이며, 통이나 항아리 형태의 통형(桶形)이 셋이다. 여름에는 빨리 식는 평형을, 겨울에는 잘 식지 않는 통형 다완을 선호하는 경향이 있다. 이런 세 가지 형태 외에 정호형, 웅천형, 천목형 등의 형태로 자세하게 구분할 수도 있다.

　먼저 다완의 세부 명칭은 아래의 그림과 같다.

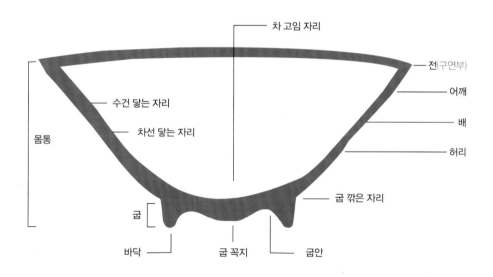

다완은 그 전체적인 모양에 따라 다음과 같이 구분한다.

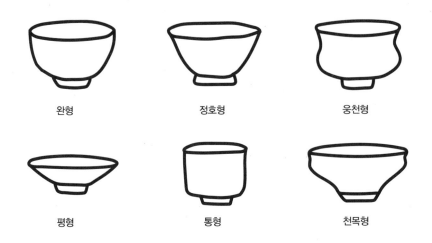

완형   정호형   웅천형

평형   통형   천목형

굽은 다완의 감상에서 가장 핵심적인 부분의 하나로, 그 형태는 보통 다음과 같이 나눈다.

죽절굽   자름굽   나눔굽

다완은 그 재질에 따라 백자, 청자, 분청 등으로 구분하기도 하며, 진사안료를 사용한 다완을 별도로 진사다완으로 구분하기도 한다.

청자다완(지순택 作, 김명익 藏)

진사다완(신상호 作, 김명익 藏)

이방자 여사를 위한 다완(민영기 作, 김명익 藏)

가라모노의 왕, 덴모쿠[天目]다완

9세기 이전의 한중일에서는 대체로 중국 월주요(越州窯)의 청자와 형주요(邢州窯)의 백자 다완을 최고의 다완으로 여겼다. 10세기 무렵부터 흑유(黑釉)를 입힌 다완이 나타났으며, 11세기의 송나라 차인들에 의해 마침내 탁월한 흑유 다완이 나와 큰 인기를 얻게 되었다. 흑유다완 중 최고는 건요에서 나오는 건잔(建盞)이었고, 길주요에서 나오는 대피잔(玳皮盞)도 유명했다.

이들 흑유다완을 일본 출신의 유학승들이 일본에 들여왔는데, 이들이 천목산(天目山)에 있는 사찰에서 사용하던 다완이라 하여 덴모쿠[天目]다완이라 부르게 되었다.

무로마치시대에 가장 귀중한 대접을 받던 다완이 이것으로, 검고 투명한 유약을 기본으로 하는 흑유(黑釉) 다완의 일종이며, 입술이 닿는 가장자리 부분은 구울 때 겹친 흔적을 감추기 위해 고급스럽게 은이나 금으로 테를 두르기도 하였다. 일반적으로 현재 사용되는 다완보다는 작은 편이며, 중국 송나라 시기에 유행한 전통 말차에 이용되던 찻사발이다. 일본인들이 워낙 좋아했기 때문에 현재 남아 있는 중요한 덴모쿠다완은 거의 일본에 다 있다고 해도 과언이 아니다.

덴모쿠 가운데 가장 귀한 대접을 받는 작품들은 구울 때 유약이 우연한 변화에 의해 검은 바탕에 광채를 띄는 푸른색, 혹은 무지개색 점들이 박히게 된 요변(窯變) 덴모쿠이다. 마치 밤하늘에 별들이 박혀있는 것처럼 아

요변천목다완(박부원 作)

름답게 보이며, 완벽한 요변 덴모쿠다완으로 평가되는 3점이 모두 일본의 국보로 지정되어 있다. 이 가운데 특히 세이카도분코[静嘉堂文庫] 미술관에 소장 중인 '이나바 덴모쿠[稻葉天目]'가 최고의 작품으로 알려져 있다.

한편, 중국에서는 우연히 항저우에 있는 남송의 궁궐터를 발굴하던 중 요변 덴모쿠다완의 3분의 2만 남은 파편 하나를 찾아냈다. 이것이 원산지에 소장된 유일한 요변 덴모쿠이다. 현대에 들어 일본과 중국은 물론 한국에서도 요변 덴모쿠를 재현하려고 무척이나 애를 쓰고 있다.

덴모쿠 중에는 기름이 튄 것처럼 황금빛 점이 박힌 유적덴모쿠(油滴天目)와 대모(바다거북의 등껍질) 무늬가 있는 대모(玳瑁)덴모쿠도 각 1점씩이 일본의 국보로 지정되어 있다. 일본의 국보로 지정된 찻사발이 총 8점인데, 이 가운데 5점이 덴모쿠인 셈이다. 덴모쿠 외에 이도다완 1점, 라쿠다완 1점, 시노다완 1점이 일본의 또 다른 국보 다완들이다.

장소제공 김명익 ▶

다완의 왕, 이도[井戸]다완

덴모쿠다완이 중국 다완의 왕이라면 이도[井戸]는 고려다완의 왕이라고 할 수 있다. 무로마치시대까지는 중국의 덴모쿠가 최고였으나 전국시대와 모모야마시대에는 이도가 일본의 다도를 지배했다. 시대와 지역을 넘어 다완 가운데 최고의 다완이라고 할 수 있으며, 사발 형태에 삼각형 모양이어서 손에 착 잡히는 다완이다. 밑부분은 죽절(竹節, 대나무 마디) 모양의 높은 굽 주변에 유약이 뭉쳐 오돌토돌하게 되어 있으며, 이를 일본에서는 가이라기[梅花皮]라고 부른다. 이 부분 때문에 일본의 사무라이들은 일본도(日本刀)의 손잡이와 비슷한 감촉이라 매우 선호했다고 한다.

현재는 사천 등 경남 동남해안의 흙을 사용해서 굽는데, '이도의 약속'이라 하여 '비파색(枇杷色) 표면, 죽절굽, 매화피(가이라기), 반시계방향 물레 방향을 지킨 것'만을 이도다완이라고 부른다. 이도다완의 하위 분류에는 우리가 일반적으로 보는 오이도[大井戸], 보다 작은 고이도[古井戸, 小井戸], 유약이 다소 푸르고 크기도 작은 아오이도[青井戸] 등이 있다. 또 엄격히 따져 이도는 아니지만 이도와 비슷한 이도와키[井戸脇]도 있다.

이도다완(임만재 作) ▶

미시마[三島]다완

　한국에서는 분청사기로 분류하는 다완이며, 주로 도장을 찍어 무늬를 그린 인화기법과 철로 된 안료로 그림을 그린 철화기법으로 장식한다. 이 다완의 인화문(印花文)과 선(線) 모양이 시즈오카현에 있는 이즈미시마신사(伊豆三島神社)에서 배포한 달력의 글자 문양과 비슷한 데서 미시마라는 이름이 유래되었다는 것이 통설이다.

　조선시대 초기에 수입된 것을 총칭하는 고미시마[古三島], 국화꽃 등의 꽃 문양이 찍힌 하나미시마[花三島], 예빈시(禮賓寺) 등 관청 이름이 새겨진 라이한미시마[禮賓三島] 등 그 종류가 무척 다양하다.

미시마다완(임만재 作)

이라보(伊羅保)다완

　일본어로 까칠까칠하다는 뜻의 '이라이라'에서 이름이 유래되었다는 설이 있으나, 미시마와 마찬가지로 지명에서 비롯되었다는 설도 있다. 거친 태토로 만들기에 표면이 까칠까칠하고, 처음 사용하면 찻물이 새어 굽 언저리에 이슬처럼 맺히기도 한다. 하지만 다완을 오래 사용하면 차 분말이 태토 사이의 틈새에 쌓이면서 이런 현상은 사라진다.

　에도시대 초기에 일본 차인들의 주문에 의해 생산된 주문형 다완이며, 못으로 굽 안쪽을 소용돌이 모양으로 파낸 구기보리이라보[釘彫伊羅保], 전체적인 색깔이 황색을 띠는 기이라보[黃伊羅保], 유약을 찻사발에 반쪽씩 나누어 시유한 가타미가와리이라보[片身替伊羅保] 등이 있다.

이라보다완(임만재 作, 김명익 藏)

하케메[刷毛目]다완

한국에서는 분청사기 귀얄문 다완으로 분류한다. 귀얄 즉 붓이나 솔로 백토를 찍어 물레를 돌릴 때 묻혀 무늬를 나타내는데, 급류(急流)의 힘과 생동감이 넘치는 추상적 문양이 나온다. 주로 여름용의 평다완이 많다.

하케메(분청인화귀얄문)다완(박부원 作)

계룡산(雞龍山)다완

　철화 무늬가 그려져 있는 다완이며, 충청남도 공주 학봉리 계룡산가마에서 제작된 철화 분청사기 다완이다. 계룡산가마는 조선 세조의 명으로 창설되어 성종 초기인 16세기 초반까지 분청사기를 생산하던 가마였다. 계룡산 다완은 아주 안정감 넘치는 철화문이 세련되게 그려져 있는 것이 특징이다.

계룡산다완(박부원 作)

도도야[斗斗屋]다완

와비(わび)의 느낌이 물씬 풍기는 다완으로, 평다완류가 많다. 센 리큐가 생선가게 선반에서 처음 찾아내어 그 가게 이름으로 다완의 명칭을 삼았다는 설이 있고, 사카에의 도도야[斗斗屋]라는 가게 주인이 한 배를 사들였다는 설도 전한다.

철분이 많은 적갈색 태토에 푸른 빛이 섞인 비파색(枇杷色) 유약을 얇게 바르는데, 산화염(酸化焰)에서는 붉은색, 환원염(還元焰)에서는 푸른색이 나며, 요변(窯變)도 다양하게 일어난다.

혼데도도야[本手斗斗屋]는 깊이가 깊고 몸통은 오목하며, 구연부는 살짝 외반(外反)되어 차를 마시기에 용이하다. 히라도도야[平斗斗屋]는 형태가 상대적으로 낮은 평형이며, 얇게 만드는 것이 특징이다.

도도야다완(천한봉 作) ▶
경북 문경의 사토와 평천 유약을 사용하였다. 불 조절에 따라 붉은 색, 푸른 빛, 갈색 등의 조화가 나타난다.
특징은 유약에 불길이 산화되어 생긴 것이며 오래 사용할수록 색상이 더욱 선명해지고 아름답다.

소바[蕎麥]다완

　소바[蕎麥]다완은 백색계의 모래가 많이 섞인 거친 태토에 반투명한 황록색 유약을 칠한 다완으로, 전체적으로 보면 메밀(소바)의 색과 흡사하여 이런 이름이 붙었다고 한다. 낮은 굽에 평다완 형태여서 여름에 많이 쓰이고, 조선 초기부터 중기에 경상남도 부근에서 만들어졌을 것으로 추정된다.

소바다완(임만재 作, 김명익 藏)

고비키[粉引]다완

　한국에서는 분청사기 덤벙다완으로 부르는 다완이다. 말 그대로 유약을 덤벙 담가서 만들기 때문에 이런 이름이 붙었다. 잘 만들어진 고비키 다완은 물꽃이라고 불리는 독특한 현상을 일으키는데, 뜨거운 물을 부었을 때 유약 사이의 태토로 물이 스며들면서 아름다운 물방울 무늬가 아주 잠깐 나타났다가 사라지는 현상이다. 일본에서는 이 때문에 명물로 여겨졌으며, 전라도의 보성·장흥·고성 지방에서 조선 초기에 만들어지던 사발이다.

고비키다완(임만재 作)

고모가이[熊川]다완

다완의 명칭이 된 웅천(熊川)은 경남 진해에 있던 지명이다. 진해에는 왜관이 설치되어 있었고, 이 다완 수출항이 있는 곳의 지명이 그대로 일본식 발음으로 다완의 이름이 되었다. 몸체는 약간 볼록하면서도 안정감이 있는 완형이며, 백토(白土)나 적토(赤土)를 태토로 하고 굽 언저리에는 유약을 바르지 않았다. 탕(湯)을 담는 제사용 탕기와 비슷한 형태여서 애초의 용도를 짐작할 수 있다.

고모가이다완(박부원 作) ▶

다치츠루[立鶴]다완

다완 중간부에 학이 그려져 있다. 조선시대 부산지방에서 많이 제작되었다. 우리 땅에서 우리 흙으로 만들어진 다완이지만 일본인들의 주문에 의해서 제작된 것이다. 일본인들은 정월달 새해 맞이 할 때 입학다완으로 차회를 열었다는 이야기가 있다.

일본의 차인들이 보내주는 견본 그림을 보고 부산의 왜관요나 김해 등지에서 제작하여 일본으로 보낸 일련의 다완들을 고혼[御本]다완이라고 한다. 백토에 황색의 유약을 주로 사용하고, 청화(靑華)나 철채(鐵彩)로 학이나 해바라기 등을 그리기도 했다. 이런 고혼다완 가운데 부산의 왜관요에서 초기에 만들어진 것으로 보이는, 서 있는 학 그림이 그려진 다완이 다치츠루[立鶴]다완이다. 이 다소 어정쩡한 형태의 학 그림은 애초에 도쿠가와 이에야스[德川家康]가 호소카와 산사이[細川三濟] 장군의 공을 치하하기 위해 그려준 그림이었다고 한다.

통형 다완으로 두께는 얇고 구연부는 살짝 외반되어 있다. 비파색 몸체에 여러 곳에 모미지[紅斑] 즉 홍색 반점이 있으며, 굽은 세 군데를 도려낸 기리고다이[切高台]로 되어 있다. 일본의 차인들이 정월에 새해 맞이 다회를 하면서 이 다치츠루다완을 사용했다는 기록이 여럿 전한다.

다치츠루다완(김정옥 作, 김명익 藏)

긴카이[金海]다완

　　조선 중기에 경남 김해에서 생산되던 고혼다완의 일종이며, 그릇에 '金海(김해)' 또는 김해를 의미하는 '金(김)'이라는 한자가 명문으로 새겨져 있어 이런 이름이 붙었다. 대체로 완형에 당당한 모습이다. 몸통 전체에 고양이가 발톱으로 할퀸 자국 같은 문양이 있는데, 이런 빗살무늬를 일본에서는 네코가키[猫搔]라고 한다. 굽은 1개나 2개, 혹은 4개로 잘라내는데 4개로 자른 와리고다이[割高台]로 된 것이 더 귀한 취급을 받는다. 이렇게 굽을 잘라내는 기법은 우리나라에서 일본으로 전파된 것이다. 일본은 다완을 1개씩 상자에 넣어 보관하고 운반하지만, 조선에서는 임진왜란 당시 새끼로 이 그릇을 묶을 때 새끼가 흘러 빠지지 않도록 마지막 다완의 굽에 홈을 내었고, 이것이 발전하여 와리고다이가 된 것이다.

긴카이다완(천한봉 作) ▶

라쿠[楽]와 일본의 다완들

라쿠다완은 앞서 소개한 것처럼 센 리큐와 조지로가 합작하여 탄생시킨 일본 고유의 다완으로, 현대에 와서는 일본 전통문화의 상징처럼 여겨지고 있는 다완이다. 말차를 격불할 때 다완의 벽에 찻물이 부딪혀 파도처럼 부서지는 감각이 일품이라고 한다.

라쿠에는 크게 두 가지가 있는데, 먼저 센 리큐가 선호했던 검은색의 구로라쿠[黒楽]가 있다. 다른 하나는 도요토미 히데요시가 선호했다는 붉은색의 아카라쿠[赤楽]다.

물레를 사용하지 않고 흙을 쌓고 손으로 주물러서 만들며 구울 때도 한 번에 딱 한 개만 굽는다. 소성이 완료된 라쿠다완을 꺼낼 때에는 집개로 집어서 꺼내기 때문에 모든 라쿠다완에는 집개 자국이 남게 되며, 이것이 또한 중요한 감상 포인트가 된다.

라쿠다완 하나가 국보로 지정되어 있는데, 특이하게도 구로나 아카가 아니라 백색의 시로라쿠(白楽)다완이다.

라쿠다완 외에 일본산 다완 하나가 또 국보로 지정되어 있는데, 시노[志野]다완으로 분류되는 우노하나가키[卯花墻]가 그것이다. 애초의 형태와 색상 등을 창안한 이가 무로마치시대의 차인인 시노 소신[志野宗信]이어서 시노다완이라 부른다. 백색 유약이 기본이지만 회청색, 적색, 홍색 등의 유약이 쓰이기도 한다.

센 리큐의 제자인 후루타 오리베가 고안했다는 오리베[織部]다완 역시 일

라쿠다완(김명익 藏)

본 고유의 다완이며, 라쿠다완과는 달리 독특한 모양을 하거나 그림을 그려 넣은 것이 많다.

이밖에도 일본에는 지역명을 딴 하기다완, 가라츠다완 등이 있는데, 모두 임진왜란 이후 조선의 도공들에 의해 개척된 요지(窯址) 이름에서 비롯된 다완들이다. 먼저 하기[萩]다완은 고려다완과 가장 유사한 전통을 유지해온 다완으로 알려져 있으며, 사용할수록 찻물이 들어 색이 변하는 것으로 유명하다. 에도시대에는 제1은 라쿠[一樂], 제2는 하기[二萩], 제3은 가라츠[三唐津]라는 말이 있을 정도로 유명하던 다완이다.

가라츠[唐津]다완은 임진왜란 때 조선에서 잡혀간 도공들에 의해 완성된 요장의 다완이다. 가라츠는 일상 식기로 유명한 가마지만 다완에서도 명성이 매우 높았다. 가라츠다완 중에 특히 유명한 것이 잿물과 철 유약을 이중으로 시유해 그라데이션 효과를 준 조센가라츠[朝鮮唐津] 다완이다.

교[京]다완은 밥그릇 같이 생긴 모양이 특징으로 크기도 큰 것이 많다. 기본 모양을 둥그렇게 만들고 그 위에 그림 등을 넣으며, 때로는 금박을 칠하기도 한다. 와비차에 대한 지나친 쏠림에 반감을 가진 이들이 과거의 귀족적 분위기를 재현하기 위해 백자에 화려한 문양을 넣으면서 크게 유행한 다완이다. 화사하고 아기자기한 것이 특징이며, 현대 일본에서 가장 싸게 대중적으로 만날 수 있는 다완이기도 하다.

◀ **라쿠다완**(지순택 作, 김명익 藏)

차이레, 차샤쿠, 차선

　말차와 다완 외에도 말차 음다를 위해 꼭 필요한 차도구들이 있고, 말차 문화를 이끌어온 일본의 차인들이 섬세한 감각으로 발전시킨 차도구도 있다. 여기서는 말차 음다에 꼭 필요한 차도구 가운데 전통적으로 차인들이 가장 정성을 들여 준비하고 애용하는 몇 가지 다구들을 더 살펴보기로 한다.

◀ 나츠메(김명익 藏)

차이레

　오늘날 말차는 대부분 캔의 형태로 포장되고 판매된다. 일본식 다실에서 여는 정통 말차 다회가 아니라면 보통은 이 캔의 말차를 그대로 보관하고 차를 마실 때도 캔의 것을 곧바로 덜어서 사용한다. 하지만 캔이 없던 시대의 차인들은 말차를 보관하기 위한 통이 별도로 필요했고, 오늘날에도 일본다도를 즐기는 차인들은 여러 재질과 형태의 말차 보관용 통을 이용하고 있다. 아름답고 정교하게 만들어진 이 통들은 다회에 참석한 사람들이 눈으로 즐기는 또 다른 즐거움을 제공하며, 차회의 품격을 높이는 요소이기도 하다.

　말차 보관용 통은 크게 두 가지로 나뉘는데, 먼저 우스차[薄茶]용 말차는 나츠메[棗]에 보관한다. 그 모양이 대추를 닮은 데서 이런 이름이 비롯되었고, 대개 나무로 만들며 겉면은 검은색이나 붉은색으로 옻칠을 하고 금분으로 채색을 하기도 한다. 나무 외에 도자기로 만든 것도 있다.

　고이차[濃茶]용 말차는 차이레[茶入]에 보관하는데, 차이레는 대개 시후쿠[仕服]라는 비단 주머니 안에 넣어둔다. 시후쿠는 유명한 비단 등으로 만들며, 차이레의 몸통은 도자기지만 그 뚜껑은 상아로 된 것이 많다. 차이레는 송나라 때부터 있었으며, 다완과 마찬가지로 중국산 차이레를 가라모노[唐物], 일본의 것을 와모노[和物]로 구분한다. 초기의 차이레는 외국에서 들여온 약통을 차통으로 쓴 것이었다. 이런 차이레는 물론 이를 감싸고 있는 시후쿠도 차도구 감상의 중요한 대상이다.

제일 상단이 일본 도자기로 만든 와모노, 중간이 가라모노이다.
하단은 시후쿠와 차이레(김명익 藏)

차샤쿠

차샤쿠[茶杓]는 차이레나 나츠메의 말차를 떠서 찻잔에 담을 때 사용하는 말차용 숟가락이다. 차샤쿠의 역사는 일본다도의 역사와 밀접하게 연결되어 있는데, 일본다도의 원류인 와비차(佗び茶)를 창시한 무라타 슈코가 이 도구를 손수 만들어 사용하기 시작했다고 한다. 중국이나 한국에서 사용하던 말차용 차시(茶匙)와 그 기능이 유사하지만, 중국의 차시가 변형되어 차샤쿠가 된 것이 아니라 일본에서 별도로 만들어진 독창적인 차도구라고 할 수 있다. 무라타 슈코 이후 일본다도의 권위자들은 차샤쿠를 직접 만들어 사용하는 전통을 지켜왔으며, 이처럼 다도 명인들이 사용하던 차샤쿠는 일본의 역사적 미술품으로 추앙을 받기도 한다. 오늘날 가장 흔히 보는 대나무 차샤쿠가 나오기 전에는 상아나 거북 등껍질 등 매우 고가의 수입약 수저를 주로 귀족들이 사용했다.

차샤쿠는 대개 일본 땅에서 자란 3년생 대나무로 만들며, 기념할 만한 다회 등의 내역을 그 손잡이에 적어 넣기도 한다. 하지만 반드시 대나무로만 만드는 것은 아니며 상아나 금속, 나무로 만든 경우도 있다.

차샤쿠는 얼핏 보기에 그 모양이 퍽 단순하지만, 대나무 마디의 유무나 위치, 차를 뜨는 부분의 경사각 등에 따라 감상의 포인트가 달라지고 별도의 이름이 붙기도 한다. 일본의 차인들은 다완이나 차선 못지않게 중요한 차도구가 바로 차샤쿠라고 생각하며, 세밀하고 섬세하게 이를 감상하고 분류하며 귀중하게 다룬다. 또 차샤쿠 하나에 이를 만든 장인의 다도관과

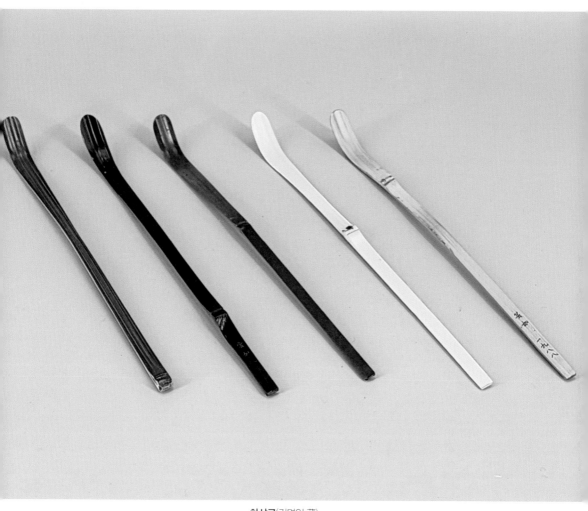

차샤쿠(김명익 藏)

05 차이레, 차샤쿠, 차선

차실의 스스다케 (장소제공 **김명익**)

미감은 물론 인격까지 스며들어 있다고 생각하며, 그만큼 일본다도에서는 가장 귀중한 도구 가운데 하나다.

일반적으로 차샤쿠는 대나무의 껍질 부분을 이용하여 만드는데, 대나무의 종류와 모양, 크기와 내력 등에 따라 그 종류가 매우 다양하다. 오래된 초가의 천장 부재로 사용된 대나무로 만들기도 하는데, 100년 이상 화로의 열기와 연기에 훈재된 이런 나무를 스스다케[火煤竹]라 한다. 다실에서 나온 스스다케는 매우 드물고 귀하다.

차샤쿠의 부분별 세부 명칭

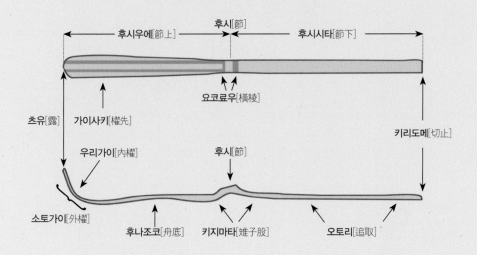

후시우에[節上]

후시[節]

후시시타[節下]

요코료우[橫稜]

츠유[露]

가이사키[櫂先]

키리도메[切止]

우리가이[內櫂]

후시[節]

소토가이[外櫂]

후나조코[舟底]

키지마타[雉子股]

오토리[追取]

가이사키의 형태

겐사키가타[劍先形]

이치몬지가타[一文字形]

토킨가타[兜巾形]

마루가타[丸形]

레게젠가타[蓮花弁形]

一笑

一笑

雲臺常口

김명익 藏

김명익 藏

차샤쿠를 감상할 때는 우선 차를 뜨는 부분의 조형적인 특징과 매력을 살펴본다. 차를 떠내는 이 부분을 가이사키[櫂先]라고 하는데, 폭 1cm 길이 2cm 정도이며 타원형을 비롯하여 여러 모양이 있다. 이 구부러진 부분의 최상단을 츠유[露]라 부르며 그 아래로는 차례로 가이사키[櫂先], 후시우에 [節上], 후시[節], 오토리[おっとり], 키리도메[切り止め] 순으로 이어진다.

차샤쿠의 마디를 후시[節]라 하는데, 이 마디가 차샤쿠의 어느 부분에 있는가에 따라 용도가 달라지기도 한다. 예컨대 모든 차도구와 형식을 갖추고 진행하는 정식 차회인 신[眞]에는 마디가 없는 후시나시[無節], 격식을 갖추되 다소 자유로운 차회인 교[行]에는 아래쪽에 마디가 있는 도메부시[止め節]를 사용하고, 형식에 크게 구애되지 않는 차회인 소우[草]에는 마디가 중간이나 그 근처에 있는 나카부시[中節]를 사용하는 식이다. 17~21cm 크기의 차샤쿠에서 마디가 중간 정도에 오는 나카부시[中節]의 형태는 센 리큐가 정했다고 한다. 이때 차샤쿠 중간의 마디를 기준으로 위쪽은 차통에 드나드는 부분이 되고 아래쪽은 사람이 손으로 잡는 부분이 된다.

차인들이 귀중하게 여기는 차샤쿠는 항상 통에 담겨 있으며, 다케즈츠라고 부르는 이 통에 명(銘), 즉 그 차샤쿠의 고유한 이름과 내력 등을 적어 넣는다. 대나무로 만든 다케즈츠는 다시 도모바코[共箱]라고 부르는 상자에 넣어 보관한다.

김명익 藏 ▶

茶杓　銘　松風

前鈴竹茶杓　十六世　誠中斎　在判

松風
昭和　一朝会
一九八八

김명익 藏

福寿

嘗

苦盡甘來
萬祥必臻
芸如 一九
八五

銘福寿 前繪桑杓 赤文心誠畫甞苦

김명익 藏

김명익 藏

차선

차선(茶筅)은 말차를 휘저어 거품을 내는 데 사용되는 대나무 솔로 일본에서는 '차센'이라고 발음하며, 대나무를 아주 잘게 쪼개어 거품기 모양으로 만든 것이다. 하지만 차선의 용도는 단순히 거품을 일으키는 데에 그치는 것은 아니다.

차선의 크기는 보통 12cm 정도인데, 특별한 용도를 위해 이보다 훨씬 크거나 훨씬 작은 차선도 만들어진다. 대나무의 밑부분을 잘라서 만들며, 이때 뿌리 쪽이 잘고 가늘게 쪼개져 올이 된다. 이 올을 일본에서는 호[穗]라 하며, 외국어로 표기할 때는 강모(剛毛), 즉 뻣뻣한 터럭을 의미하는 브리슬(bristle)이라는 단어를 사용한다. 이 강모의 수는 16개에서 120개까지 다양하고 표준 차선은 64개로 되어 있다. 이는 바깥쪽에 있는 강모의 숫자이며, 안쪽에도 또 같은 숫자의 강모가 있다. 시중에서 판매되는 차선을 보면 보통 '100본(本)'이나 '120본' 등으로 표기하고 있는데, 이것이 강모의 개수를 의미한다.

숫자가 적으면 그만큼 강모가 굵고 힘이 있다는 의미가 되며, 농차에는 이처럼 강모의 수가 적은 차선을 사용한다. 반대로 박차에는 강모가 더 많고 미세한 차선을 쓴다. 메이지유신 이전까지는 계급에 따라 이 강모의 숫자가 정해져 있었다고 한다. 120개의 강모를 가진 차선은 쇼군만 쓸 수 있고, 80개 이상의 차선은 봉건영주를 비롯한 귀족들만 사용할 수 있었던 것이다. 이 때문에 일반 차인들은 78개의 강모를 가진 차선을 많이 사용했다고 한다.

차선의 강모 사이에는 실이 매어져 있는데, 검은색 실이 일반적이지만 더러 흰색과 빤간색 실이 사용되기도 한다. 빨간색 실로 묶은 차선은 주로 생일 축하 등의 다회에 이용되는데, 빨간 실에 매듭이 있느냐 없느냐 등에 따라 회갑에 사용되는 경우와 88세 생신에 사용되는 경우 등이 달라지기도 한다.

3년생 대나무를 많이 사용하는데, 겨울에 베어서 수 개월 내지 수 년을 야외에서 말려 진을 빼낸 후 차선으로 만든다.

김명익 藏 ▶

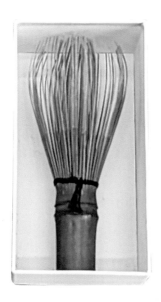

06

말차의 격불

　말차를 마시는 음다법은 일본에서 가장 정교하게 발달했는데, 이를 전문적으로 배우는 차인이 아니라면 이 일본다도의 음다법을 그대로 따라하는 것이 불가능할 뿐만 아니라 사실 그럴 필요도 없다. 말차 문화는 일본만의 것이 아니라 아주 오래 전부터 한중일 3국에 공통으로 있던 것이며, 현대의 한국인인 우리는 우리 생활에 맞는 방식으로 말차를 즐기면 충분하다고 하겠다. 이하에서 일반적인 박차의 음다법을 알아보기로 하자.

◀정병 박연태 作
　다완 임만재 作

찻자리 세팅

1. 차, 다완, 차선과 차선꽂이, 차샤쿠, 퇴수기, 다건 등은 필수 차도구이다.
2. 물을 끓이는 데 필요한 도구와 히샤쿠, 물항아리, 백탕기 등의 도구는 형편에 맞게 준비한다.
3. 찻상과 다화 등도 형편에 맞게 준비하되 반드시 필요한 것은 아니다.

다완 예열

찻사발에 반 정도 물을 붓고 차선으로 씻어낸다. 다완을 청결하게 하고 냉기를 제거하면서 동시에 차선에 물기를 묻혀 부드럽게 해주는 과정이다. 예열에 사용한 물을 퇴수기에 버린 후 다건으로 찻사발의 물기를 닦아낸다. 밑바닥 중앙의 물기까지 꼼꼼하게 닦아야 나중에 찻가루가 물기에 젖어 눌러붙지 않는다.

차 넣기

1인분으로 차 2g 정도를 차샤쿠로 떠서 다완에 넣는다.

물 넣기

여기에 끓였다가 조금 식힌 따뜻한 물 50cc 정도를 붓는다.

격불

차선을 이용해 말차에 거품이 일도록 휘젓는
동작을 격불(擊拂)이라 하는데, 다소의 경험과
기술이 필요하다. 먼저 왼손으로 다완을 누르듯
이 감싸잡고, 오른손으로 차선을 지면과 직각이
되게 다완 중심부에 넣는다. 이어 손목 스냅을
이용하여 앞뒤로, 일직선으로 30~50회 차선을
재빨리 움직이는데 나선형 등으로 휘저으면 오
히려 거품이 잘 일지 않는다. 격불 마지막에는

처음처럼 차선을 지면과 직각이 되도록 멈춰 세운 뒤 다완 안의 거품이 고르게 되도록 마
무리를 한 뒤 빼낸다.

이렇게 격불을 하는 것은 유화(乳花)라고 불리는 말차의 거품을 내기 위함이며, 이렇게 카
테킨 성분이 거품으로 바뀌어야 차의 떫은맛이 옅어지고 감칠맛이 늘어난다. 대체로 유화
가 부드럽고 섬세하며 많이 일어나야 말차의 맛이 좋아진다. 하지만 유화의 양에 대해서는
유파마다 견해가 다르기도 하여 우라센케에 비하여 오모테센케는 유화를 적게 내는 것으
로 알려져 있다. 또 농차에서는 유화가 일어나지 않도록 젓는 것이 원칙이며, 마실 때도 한
잔의 차를 여럿이 순서대로 돌려 마신다.

마시기

다완을 두 손으로 감싸쥐고 3회 정도로 나누어
마신다. 이때 고개는 숙이지 않고 다완이 입으
로 오게 한다. 다 마신 뒤에는 따뜻한 물을 추가
로 조금 부어서 다완에 남은 차를 마저 마신다.

정리

다완에 다시 물을 넉넉히 부어 차선으로 깨끗
이 씻고 다건으로 물기를 제거한다. 차샤쿠도
다건으로 닦는다.

격불하기 동영상

찻사발의 본향 문경

경상북도 문경은 다완을 사랑하는 이들에게는 성지와도 같은 곳이다. 우리나라 최고의 찻사발 장인들이 모여 있는 곳이자 해마다 '문경 찻사발 축제'가 열리기도 하는 곳이다. 찻사발 제작에 필수적인 흙, 물, 연료(나무) 등 천혜의 조건을 바탕으로 오래전부터 도자 예술이 발전한 곳이며, 그 전통을 이어 오늘날에도 도자 산업이 가장 번성하고 있는 곳이다. 찻사발의 전통과 미래가 공존하는 명실상부 찻사발의 본향이 문경이라 할 수 있다.

문경찻사발축제(투다대회)

문경에서는 매년 4월 말에서 5월 초 사이에 전통찻사발축제가 펼쳐진다. 문화체육관광부가 선정한 명예문화관광축제로도 지정된 이 축제는 찻사발의 모든 면을 보고 즐길 수 있는 대표적인 차문화 관련 축제이기도 하다. 전국 여러 곳에서 차를 주제로 한 축제들이 열리지만 대표적인 차도구인 찻사발을 주제로 한 축제는 문경의 이 찻사발축제뿐이다. 매년 전국의 차인들과 문화인들이 참여하는 다양한 프로그램들이 진행되는데, 가장 대표적인 프로그램 중의 하나가 말차의

찻사발축제의 투차대회

대다완에 말차를 격불 중인 축제 참가자들

격불 실력을 겨루는 투차대회다. 축제에 참여하는 모든 이가 너나없이 말차를 나눠마시는 프로그램도 있는데, 가마솥 만큼이나 큰 대다완에 여럿이 격불한 말차를 모든 이가 나눔잔에 나누어 마시는 행사다.

한국다완박물관

문경에는 또 다완에 대해 배우고 즐길 수 있는 우리나라 유일의 다완 박물관이 있다. 문경에서도 가장 오래 전통 도자의 맥을 이어오고 있는 관음요 김선식 사기장이 만든 한국다완박물관이 그 곳이다. 찻사발의 종류, 역사, 특징 등 다완에 관한 모든 것을 직접 보고 만지고 배울 수 있는 곳이며, 국내외의 가장 대표적인 찻사발 작가 500여 명의 작품이 전시되어 있다.

한국다완박물관 내부 모습

한중일 말차 문화

초판 1쇄 발행 2024년 4월 25일

지 은 이   김태연 · 한애란 ⓒ 2024

펴 낸 이   김환기
펴 낸 곳   도서출판 이른아침
주   소   경기도 고양시 덕양구 삼원로 63 고양아크비즈 927호
전   화   031-908-7995
팩   스   070-4758-0887
등   록   2003년 9월 30일 제313-2003-00324호
이 메 일   booksorie@naver.com

ISBN 978-89-6745-156-1 (03810)

값 39,000원